AF450028

CLINAMEN

SARA GAVIOLI

Clinamen, s. neutro lat. (inclinazione).
Nella filosofia epicurea, la deviazione subita dagli atomi nella loro caduta, che fa sì che essi si urtino e possano combinarsi a costituire i corpi composti, quali si presentano alla nostra osservazione.
Grande Enciclopedia De Agostini, vol. 6

1

COLLOQUI

«Ovviamente dovrà aprire una partita IVA» dice il signore in giacca e cravatta.

«Perché?» chiedo io. Mi rendo conto che non avrei dovuto, ma ormai l'ho detto.

«Verrebbe inserita come collaboratrice.»

Sento che c'è qualcosa di poco chiaro; pensavo di dover fare la segretaria.

Lui tossisce e riprende in mano il curriculum. Pare che dovrei sapere come si apre una partita IVA, pare che io non sia molto adatta.

«Come va con l'inglese?» chiede.

«Bene.»

Non so cosa aggiungere. D'un tratto l'atmosfera mi sembra cupa, non gli piaccio più. Mi dispiace. Avevo scritto dell'inglese, forse non ha letto.

«Ma ha un costo, aprirla» dice nel silenzio. «E dovrà curare la sua immagine. Sarebbe il volto dell'azienda.»

Abbasso gli occhi sui pantaloni che ho comprato ieri con gli ultimi risparmi. Non so come si possa curare la propria immagine più di così senza un lavoro, non so dove trovare i soldi per la partita IVA.

«Oggi il posto fisso lo si guadagna con l'esperienza. Lei non ne ha molta.» Torna a guardare il curriculum. «Abbiamo studiato tanto, eh?»

Annuisco. Sono desolata.

«Va bene, direi che può bastare.»

Si alza, io scatto in piedi e gli stringo la mano. Ha la bontà di non dire che chiameranno loro, mi saluta.

In ascensore tiro fuori il quaderno e cancello il nome dalla lista.

2

LA FERMATA

Sto aspettando il quattordici, quando arriva una signora con un vestito a fiori.

«Questo va alle case popolari?» chiede.

«Non lo so, mi dispiace.»

«Devo andare lì, c'è mio marito che aspetta.» In mano ha una bottiglia di birra, aperta.

«Va in Lorenteggio.»

«Che poi, mio marito. È una storia lunga.»

Si ferma per bere un sorso.

«Eh» dice ancora. «Sai, ho sposato mio marito ma non dovevo. Ho conosciuto un suo amico. E ora sono sposata con mio marito, ma non dovevo.»

Non sono sicura di cosa rispondere. «Capita» azzardo.

«No, non capita.»

Rimaniamo a fissare il punto da cui dovrebbe sbucare il tram. Lei beve.

«Magari ci ammazziamo» dice.

Sono perplessa. «Ma no, non dovete.»

«Magari sì» dice, poi il quattordici arriva.

Lei appoggia la birra lì, come se qualcuno potesse continuare a berla.

Quando saliamo, io guardo fuori dal finestrino e lei ascolta la conversazione fra due ragazze. Siamo di nuovo estranee.

3

TREMILA EURO

Ce ne stiamo qui seduti, con la speranza negli occhi. Tra di noi non parliamo: chiunque potrebbe essere un rivale, colui che ci toglierà la possibilità di venire scelti. Ci studiamo a vicenda cercando difetti.

Una segretaria sottile arriva con un fascio di moduli da compilare. Le penne non bastano, facciamo a turno per scrivere. Lei non fa commenti, non ci svela quando potremo iniziare il colloquio. Aspettiamo ancora.

A un certo punto entra una serie di signori eleganti. Schiamazzano tra loro, si avvicinano, ci dividono in gruppi da tre; ogni gruppo esce scortato da due signorotti. I miei, che seguo chiedendomi cosa stia succedendo, sono uno alto e uno basso. Quello alto dimostra più o meno quarant'anni, il secondo ha un viso da bambino.

Saliamo in macchina.

«Dove stiamo andando?» domanda un mio collega di sventure.

I maestri si voltano, sorridenti.

«Dobbiamo spostarci, per la prova.»

Noi annuiamo. Va bene tutto, purché ci assumano. Siamo pronti a sostenere qualsiasi prova, ovunque. Partiamo.

«Questo lavoro» dice il signorotto alto, «se fatto bene offre un sacco di possibilità. Vedete la mia auto? E i miei vestiti? Tutto grazie al lavoro.»

Il ragazzino sembra fiero. Noi tre, vittime sacrificali, invidiamo in silenzio i risultati favolosi che ci vengono mostrati.

«Sono arrivato a guadagnare tremila euro al mese» continua il primo. «Netti. Tremila.» Lo scandisce con cura. Noi guardiamo fuori dai finestrini.

Il quarantenne accende una sigaretta; nel cruscotto ha tanti pacchetti vuoti. Ci infila anche quello che ha appena finito e richiude premendo un po'.

«Si può guadagnare molto» aggiunge.

Ha un tono bizzarro, troppo squillante. C'è qualcosa sotto; l'annuncio diceva che avrei dovuto sostenere un colloquio per fare la segretaria, non capisco. Non so come potrei guadagnare così tanto.

L'auto inchioda, sobbalziamo.

«Vi va un caffè?» dice il quarantenne.

Il ragazzino scende subito, come in risposta a un ordine. Siamo su una strada isolata, non so dove, non conosco la zona. C'è un piccolo bar, su un lato del marciapiede. Scendiamo tutti, ci avviciniamo.

Il confronto è imbarazzante: noi, i candidati, siamo confusi e stretti nelle spalle e beviamo senza una parola. I maestri, invece, chiacchierano tra loro ignorandoci.

Appena ha finito, il quarantenne torna in macchina,

senza nemmeno avvicinarsi all'omino che attende dietro la cassa. Ci scambiamo uno sguardo, noi tre. Il ragazzino si affretta a pagare, per due soltanto, poi scappa.

«Faccio io» dice il candidato più anziano.

Mi sento confusa: se sono ricchi come dicono, perché non hanno neanche tentato di offrirci il caffè?

Torniamo in macchina, ci sediamo. Le nostre facce sono scure.

«Dove si trova la sede?» chiede il candidato anziano, che ha capito tutto.

«Vicino, manca poco» squittisce il quarantenne, e riparte.

Ci fermiamo di fronte a delle porte in un complesso di appartamenti. I maestri pigiano sui campanelli e urlano, le vecchiette che aprono uno spiraglio sulle loro case in penombra richiudono terrorizzate. I due propongono strani abbonamenti per la fornitura di energia elettrica; non capisco.

Il candidato anziano se ne va per primo, dicendo che ha da fare. Nessuno prova a trattenerlo. Dopo va via anche l'altro, senza nemmeno salutarci. Rimango io.

«Senta…» inizio.

Il quarantenne continua a camminare, mi affanno a stargli dietro. Passiamo da un palazzo all'altro, da un campanello all'altro.

«Senta, io…» Si gira e mi fissa severo. Il ragazzino incrocia le braccia.

«Credevo di dover fare la segretaria» dico. «Questo lavoro non… non è quel che pensavo.»

«Va bene.»

Si volta di nuovo, si allontana con il ragazzino dietro che sgambetta per seguirlo. Rimango a osservarli e mi sale addosso una tristezza immensa.

Non voglio finire così. Non voglio dover essere questo. Credo non lo volessero neanche loro.

Mi lasciano da sola e non so nemmeno dove mi trovo. Vado a cercare un ingresso della metro.

4

LA TRAVE NEL TUO OCCHIO

Ho trovato un lavoro: faccio interviste sugli autobus per poco più di cinque euro l'ora, circa tre ore al giorno, non tutti i giorni. Guadagnerò poco. Partiamo alle quattro del mattino, in un furgone che viene a prendermi sotto casa quando c'è ancora buio.

«Quello ce l'aveva, il biglietto?» mi chiede l'autista alla fine della corsa. Siamo fermi al capolinea.

«No, non ce l'aveva.»

«Vedi, io ormai lo so. Gli stranieri il biglietto non ce l'hanno mai. Non possiamo farci niente, noi.»

Il mio compito non è fare multe, solo statistiche, e quelli che non pagano sono più che altro italiani ben vestiti; però non mi va di contraddirlo, quindi annuisco.

«Vengono qui e si sentono i padroni» dice l'autista. «E i fessi sono quelli che pagano.»

«Già» dico io.

«Ormai lo so» continua. «E sai che faccio, quando vedo

che alla fermata c'è solo uno straniero? Non mi fermo.»

Sono tentata di rispondere che fa bene, per terminare la conversazione, ma non ci riesco.

«Però così» dico alla fine, «se per una volta comprano il biglietto vedono che nemmeno ti fermi. Cioè, così li scoraggi.»

Lui mi guarda perplesso.

«Tanto non lo comprano» dice, poi mi rivolge le spalle e torna a sedersi. Ripartiamo.

5

LA PRIMA DONNA CON CUI HAI A CHE FARE

Ci sono i saldi, annunciati da cartelli rossi con sopra percentuali un po' a caso. Entro in un negozio di vestiti più per godere del calore che altro, ed è pieno di persone che camminano.

Mi piace immaginare di poter comprare qualcosa, anche se sono la piccola fiammiferaia e ho appena i soldi per la spesa. Le clienti dotate di fondi sono per lo più donne; hanno le guance rosse e sollevano capi per valutarli, li afferrano convinte, li portano via aggiungendoli alla pila che hanno scelto.

Mi avvicino ai camerini. C'è uno scaffale pieno di guanti e sciarpe, che inizio a toccare. Accanto ci sono un uomo e un bambino che avrà sei anni.

«Hai visto che ti sta bene?» chiede l'uomo. Credo si riferisca al maglioncino blu che il piccolo indossa.

«Uh» mormora il bambino, poco convinto.

«Non c'era bisogno di litigare.»

«Ma a me non piace.»

L'uomo ridacchia, con la superiorità di chi si crede adulto e saggio. «Va bene, ma non serve arrabbiarsi. Potevi far scegliere alla mamma.»

Li guardo senza farmi notare. Stanno aspettando lì davanti, forse la madre sta provando qualcosa. Continuo a palpare lana.

«Ma è lei che si arrabbia» dice il bambino.

«Con le donne non puoi vincere. Tu ancora non lo sai.» Ride di nuovo, molto compiaciuto. Deve pensare di essere un esperto.

«Ma è lei» ripete il bambino.

«La mamma è la prima donna con cui hai a che fare. Poi ce ne saranno altre, ma la mamma è la prima. Imparerai.»

È un discorso tenero, a suo modo. Forse un po' sessista, ma gli intenti sembrano positivi. Mi sfugge un sorriso tra un berretto viola e dei guanti. Il bambino prende la mano più grande della sua con sicurezza, guarda suo padre. Non penso abbia capito bene, ma se ne ricorderà. Un giorno, quando non potrà più perdersi in quella mano, ci ripenserà.

La madre scosta la tenda del camerino ed esce con dei pantaloni. «Questi li prendo» dice, e se ne vanno insieme. Li guardo avvicinarsi alle casse, con la sensazione di aver visto qualcosa di importante.

6

UNA FOGLIA NEL VENTO

Mio padre è stato ricoverato. Dicono che ha avuto un ictus. Penso ai chilometri che ci separano, li divido in metri, in passi; una distesa di terra piena di città e paesi. Io sono a Milano, lui a Siracusa. Io sono seduta sul mio piumone rosso a pallini bianchi, lui è su un letto di ospedale. Entrambi siamo immobili.

«Perché me lo dici solo ora?» chiedo a mia madre al telefono. Mi ha chiamato dopo un giorno.

«Hai il lavoro» risponde. «Non volevo farti preoccupare, qui la situazione è sotto controllo.»

«Ma come sta? È lucido?»

«Insomma. Ieri non riusciva a parlare.»

Penso a mio padre. Penso alla sua risata, a quello che lo diverte.

«Ma oggi sta meglio» continua mia madre. «A un certo punto cantava.»

«E ti sembra normale?»

«Stava scherzando. Sai, per sdrammatizzare.»

Non sono convinta. L'immagine che ho di mio padre non combacia. Penso al modo in cui contrae la bocca quando è in imbarazzo.

«Mah» dico.

«Non è che devi preoccuparti qualsiasi cosa faccia, stava solo scherzando.»

Non so quale sia il limite tra lo scherzo e la follia. Rimango sul piumone a fissare le pareti.

7

GHIACCIO

Mio padre è ancora in ospedale; sono tornata in Sicilia per vederlo. Sta sul letto con la testa tutta a destra. A volte confonde le parole e non si capisce se voglia acqua o latte, se parli di una persona o dell'altra. Strizza gli occhi come a spremere fuori il nome giusto, ma non ci riesce.

Hanno detto che non era un ictus: ha delle metastasi al cervello.

Passo ore a versargli gocce in bocca perché non si ricorda come succhiare con la cannuccia. Poi chiede il ghiaccio e glielo faccio in piccoli pezzi, gli scivola in gola e lui mi guarda.

«Apri» dico, perché dimentica che bisogna aprire la bocca per metterci qualcosa dentro. Lui schiude le labbra, io inserisco il ghiaccio.

«Inghiotti bene» dico. Lui deglutisce. Se interrompo la cantilena, fatta degli stessi gesti e delle stesse parole, dimentica come si fa.

«Apri» dico.

Lui apre la bocca, io inserisco il ghiaccio.

«Inghiotti bene.»

Lui deglutisce. Il ghiaccio lo rende felice.

«Apri.»

«Uffa» dice lui, e apre.

«Inghiotti bene.»

«Uffa» dice, e inghiotte.

È tutto lì, in quella stanza con solo me e lui. Tutto nel bicchiere del ghiaccio, nella cantilena e nelle dita che bruciano.

«Apri» dico. «Inghiotti bene.»

«Non c'è bisogno che lo ripeti sempre» dice, indignato, come se non avesse mai smesso di parlare in modo normale.

«Hai ragione.»

Tutto quello che ha è nelle mie mani. Fuori inizia a far buio, ci sono persone che passano in fretta. Prendo un altro pezzo di ghiaccio, glielo poso sulle labbra ma non reagisce.

«Apri» dico, e lui apre la bocca.

8

BRAVA

Credo di essermi teletrasportata; non c'è altra spiegazione. Sono su una poltrona di pelle, davanti a una scrivania. Dall'altra parte c'è un signore elegante.

«Quindi» dice. Io lo guardo, confusa. «Cosa scriviamo?»

Passo una mano tra i capelli. Sono sudata, ho gli occhi pesanti.

«Ne danno il triste annuncio» dice lui. Poi si ferma e aspetta che io parli.

«Sì» dico.

«La figlia?»

«Sì, la figlia.»

«E la moglie. La figlia e la moglie.»

Mia madre non c'è: è andata a casa a prendere i vestiti migliori, quelli con cui seppellirlo. «Certo, anche la moglie.»

«Aveva fratelli? I fratelli.»

«Sì, ne aveva tanti. I fratelli, sì.» Aspettiamo qualcosa, entrambi. «E i cognati, le cognate. I parenti. I parenti tutti» aggiungo, incerta. Lo spio per vedere se va bene.

«La figlia, la moglie, i fratelli, i cognati e le cognate» dice lui.

«Sì.»

«I nipoti» aggiunge convinto. «La figlia, la moglie, i fratelli, i cognati, le cognate e i nipoti.»

Mi pare eccessivo, ma voglio solo che vada bene. «Sì.»

«Aveva qualche titolo?»

«Titolo?»

«Tipo, dottore.»

«Ah. Era laureato.» Non so se abbia importanza. Non so cosa sto facendo. Ho caldo. Tossisco con la mano davanti alla bocca.

«Vuoi un po' d'acqua?» chiede lui.

«No, non…»

«Silvia! Un po' d'acqua per la signorina» urla. Mi rassegno. Dopo mette le mani sulla scrivania, con l'aria di chi sta per fare una rivelazione. «Mi dispiace, sai, per tuo padre.»

«Grazie.»

Rimane in quella posa per un po', mentre Silvia mi porge il bicchiere. Bevo piano.

«Condoglianze» dice Silvia.

«Grazie.»

«Allora» continua il signore elegante. Mi pare si chiami Guido, ma l'ho già dimenticato. Forse Giorgio, forse Gildo. Aggrotto la fronte per cercare di ricordarlo, stringo il bicchiere di plastica ma Silvia accorre a strapparmelo di mano. «Allora.»

«Sì.»

«Starà in camera ardente. Ti lascio le chiavi, potete andare e venire quando volete.»

«Va bene. Grazie.»

«Tua madre arriva? Così lo prepariamo.»

«Magari le telefono un attimo, vediamo dov'è.»

Esco, rimango davanti alla porta di vetro e accendo una sigaretta. Aspiro a fondo. Chiamo.

«Mamma?»

«Sì, che c'è?»

«Dove sei arrivata?»

«Sto prendendo i vestiti.»

«Va bene, sbrigati.»

«Certo. Arrivo.»

Riattacco. Fumo. Tutto continua a esistere. Rientro, mi siedo. Silvia non c'è più, ora c'è solo il signore dietro la scrivania.

«Sei stata brava» dice. «Te la stai cavando bene.»

«Grazie.» Per un attimo mi viene da piangere, ma evito. Stringo le labbra. Sarò brava.

«Adesso diamo un'occhiata alle bare, ok?» dice.

Io respiro.

9

COSA SUCCEDE POI

«Complimenti, sei bellissima» commenta una cugina al funerale di mio padre. Mi fa piacere.

Ho fatto quel che potevo: ho addosso un bel vestito nero e delle scarpe nuove, ho lisciato i capelli, mi sono truccata un po'. Dritta accanto a mia madre che piange in un fazzoletto, sto facendo un'ottima figura. Diranno che papà aveva una bella figlia.

Dentro la bara lui ha le labbra arancioni, l'ho visto prima che la chiudessero. È morto da due giorni. La chiesa è piena, tutti mi sfiorano, mi toccano le spalle.

Al cimitero ci offrono dei fiori da lanciare nella fossa prima che sia coperta. Mia madre lancia i suoi, ma finiscono di lato e cadono nella terra. Io faccio un lancio perfetto.

Le spese per il funerale hanno prosciugato tutto ciò che avevamo. Mentre coprono la bara con badilate di terra, penso all'affitto del monolocale a Milano. Penso alle bollette. Nessuno intorno a me lo sa: mi vedono chiusa in un dolore dignitoso e forte. Faccio elenchi mentali di cose da vendere. Mia madre piange.

Dall'altra parte d'Italia ci sono i miei sogni chiusi in un appartamento che non so più come pagare. Li ho lasciati lì in pausa, li immagino corrodersi e sparire.

Mettono il marmo sulla tomba, ed è l'inizio del primo giorno in cui sono sopravvissuta.

10

LA TARTARUGA

Quando avevo dodici anni, i miei genitori comprarono delle tartarughine d'acqua dolce con tanto di vaschetta e palma in plastica. Quelle sono morte, perché si sono suicidate. Tutte e due. Avevamo messo la vaschetta sul balcone, perché era estate e c'era un bel sole caldo, ma hanno scelto di lanciarsi giù dal terzo piano. Ho sempre pensato che sia stata una decisione consapevole.

Qualche anno dopo, mio padre ha comprato un'altra tartaruga. Questa doveva avere dei principi morali, perché invece di porre fine alla sua vita è diventata enorme e ora giace incastrata in uno di quei box che si usano per i giocattoli. Il box è largo quanto lei, non può muoversi. Secondo me si è pentita di non essersi lanciata giù quando poteva. Ora non può: non passa dagli spazi della ringhiera.

In ospedale, in un giorno di lucidità inaspettata, mio padre ha chiesto di cercare qualcuno che ne avesse cura. Tocca a me, come tocca a me far la fila in Comune per i certificati e liberare l'armadio. Ho trovato in fretta un'associazione che raccoglie animali abbandonati.

Sono in macchina con una conoscente gentile e sul sedile dietro c'è il box dei giocattoli con dentro la tartaruga.

«Se vuoi posso provare a inserirti dove lavoro io» dice lei. Fa recupero crediti. «Se sei brava ti prendono. Devi saperci fare.»

Non posso chiederle se finirei a minacciare la gente, non sarebbe carino. In realtà dovrei accettare qualsiasi cosa, arrendermi e rimanere in Sicilia, ma voglio tornare a Milano. Voglio andare a casa, anche se non so più quale posto dovrei chiamare così.

Arriviamo e c'è una ragazza con la faccia tutta rossa. Le corrono intorno una decina di cani. È una persona allegra e semplice, con le mani sporche di fango. Mi dice che posso liberare la tartaruga e guardarla mentre si adatta al nuovo ambiente, ovvero una vasca molto grande con dentro altre tartarughe. Dice che potrò tornare a trovarla.

La adagiamo in acqua e lei affonda. Vorrei andarmene, ho fatto quel che dovevo e starà bene, di certo meglio che nel box. Loro la cercano con gli occhi nel torbidume, tutto puzza e fa schifo.

«E se non riesce a nuotare?» chiede la mia accompagnatrice.

«Ci riuscirà, l'istinto avrà la meglio» dico io, perché voglio andarmene. Devo tornare a riordinare i documenti, pulire la casa, far la spesa, consolare mia madre. Mi sento già abbastanza buona per non averla abbandonata davanti a una chiesa con un cartello che recita "prendetevi cura di me". La tartaruga, intendo.

Quella intanto ci stupisce: annaspa, muove le zampe grasse e riemerge. Stiamo lì tutte e tre a fissare i suoi progressi. Schiva le altre, esplora. La ragazza batte le mani e ride, io incrocio le braccia e tento di calarmi nella parte della mamma fiera.

Dopo dieci minuti la tartaruga sa nuotare, come pensavo. La ragazza tenta di regalarci un paio di cani, ma rifiutiamo e andiamo via. Il box rimane lì, in macchina c'è ancora il fetore di gamberetti marci.

«Chissà come starà» dice la mia conoscente.

«Meglio di me» rispondo, e mi vergogno perché sono offesa con una tartaruga. Non esistono posti in cui liberare me. Nessuno avrà voglia di venire a trovarmi per controllare che mi sia adattata. Voglio tornare a casa.

11

UNA TARIFFA CONVENIENTE

Ricevo un sms da mia madre. Dice: grazie per l'informazione. Vado in cucina con il cellulare in mano.

«Ma quale informazione?» le chiedo.

«Quella della tariffa conveniente.» Sta preparando la cena anche se sono le sei del pomeriggio.

«Non ti ho mandato nessuna informazione» dico, e lei fa la smorfia che fa sempre quando la correggo su qualcosa. «Fammi vedere.»

Il suo gestore telefonico le ha inviato un messaggio pubblicitario. È comunque riuscita a trovare il numero per scrivermi, non male.

«Non ero io. È solo pubblicità, non ti farò mai sapere che puoi spendere meno se rispondi di sì a un sms, mamma.»

«Che ne so.»

«Ma credi che ti scriverei queste cose?»

«Mi sembrava un pensiero gentile» dice, e si stringe nelle

spalle mentre mescola il minestrone.

Penso che non le mando mai dei messaggi. Penso che nell'aria c'è un buon odore, ed è grazie a lei.

Torno in camera, mi sdraio e guardo lo schermo del mio cellulare. Le mando un cuoricino su WhatsApp. Aspetto un po', ma lei non visualizza.

In effetti, avevo voglia di qualcosa di caldo.

12

Sono sul balcone, guardo il cortile in cui sono cresciuta. Suona il cellulare.

È il numero di una conoscente milanese; quello zero due come prefisso mi rassicura. Aveva promesso di darmi un lavoro; con la partita IVA, certo, ma è pur sempre qualcosa. Mi aveva consigliato di trovare informazioni su come funziona, perché è l'unica speranza che ho di venire pagata. Ho provato a cercare, ma non ci ho capito niente.

«Pronto?»

«Ciao.» La sua voce è triste. Mi preparo al colpo.

«Ciao. Scusa se non mi sono fatta sentire. Sai, con mio padre che…»

«Non preoccuparti, capisco, non c'è problema. Chiamavo per dirti una cosa. Prima di tutto, quando torni?»

«Tra due settimane, ho già il volo prenotato. Sono rimasta un po' per dare una mano.»

«Perfetto. E senti… ho parlato con il commercialista.»

Nulla di buono può seguire a questo. Mi aggrappo a quel briciolo di speranza che proteggo da mesi.

«Sì» dico.

«Sai che c'è stato un cambiamento, no?»

«Cambiamento?»

«Nelle leggi. Il governo. Sai.»

Non so. Non guardo un telegiornale da troppo tempo, non ho idea di cosa sia accaduto nel mondo mentre mio padre moriva e io raccoglievo i cocci.

«Eh» dico, tanto per dire qualcosa.

«Ora non si può più collaborare in modo continuativo con partita IVA.»

«Ah.»

«Quindi l'unico modo sarebbe un'assunzione come dipendente vero e proprio.»

Mi sembra una buona notizia.

«Però» continua lei, «è un impegno importante. Il direttore non aveva intenzione di assumere dipendenti. Io provo, ma è complicato. Sai.»

«Dicevi che c'era bisogno di una segretaria.»

«Sì, infatti dobbiamo prendere qualcuno. Ma se deve assumerti, il direttore deve verificare che si rientri nel bilancio. Che ne valga la pena, insomma. No?»

«Ah» dico. Forse non ne vale la pena.

«Ti tengo aggiornata, ok? Volevo solo fartelo sapere.»

«Grazie.»

Ci salutiamo, torno a guardare il cortile. Ci sono bambini che corrono; loro non ne sanno nulla.

13

«Sei dimagrita» sentenzia la gente. Lo dice perché è vero, ma è un complimento. Ringrazio.

«Come hai fatto?» chiede qualcuno.

«È stato un periodo difficile» rispondo. «Ho camminato tanto, a volte dimenticavo di mangiare.»

Dei chili ho perso il conto. La bilancia esulta sotto i miei piedi scalzi, fornisce numeri sempre più vicini a quel che il mondo si aspetta. Qualche mese fa ero attenta: ogni cambiamento nella cifra mi rendeva euforica. La mia felicità, la produzione di endorfine dentro il mio corpo, il mio sorriso dipendevano dal numero.

«A volte» continuo, «avevo così tanto da fare che non mangiavo per tre giorni di fila.»

Mi sono divertita a misurare la perdita in gatti: il peso medio di un gatto adulto è di quattro chili, ho perso almeno due gatti e mezzo. Sotto ci sono le ossa; tocco le mie gambe come se me le avessero regalate da poco, imparo a conoscere contorni nuovi. Ci ho preso gusto. Il vuoto fra me e i vestiti dimostra cosa è successo.

«Stai bene» dicono. Mi guardo allo specchio.

«Brava, continua. Devi dimagrire ancora un po'» dicono. La perdita è la misura del valore.

«Non me ne sono neanche accorta» dico fiera. L'assenza di impegno nel consumo della mia carne è un vanto. Guai a provarci: deve venire naturale.

«Sono stati mesi assurdi» dico. «Ho dovuto farmi forza. Non avevo tempo per pensare al cibo.»

«Beata te» dicono. E sorridono, con una punta di invidia.

14

PEZZI DI CARTA

Sul mio conto ci sono centosessanta euro in più. Sono arrivati quando ero distratta, come pagamento per il tempo passato a intervistare gente sugli autobus. Li consideravo così poco importanti da essermene dimenticata. Le settimane in cui mi svegliavo alle due sembrano un sogno lontano.

Conservo i soldi rimasti in un borsellino con sopra delle fragole allegre disegnate. Sembra che mi prendano in giro: rimane sempre poco.

Prendo in mano una banconota da cinquanta: è sottile, è un pezzo di carta. Le ore della mia vita vengono valutate in carta. C'è qualcosa di sbagliato in questo, anche se ho sonno e non saprei spiegarlo meglio. Conto: quanto al giorno? Quanto alla settimana? A cosa posso rinunciare? Riempio pagine del mio diario con quanto dovrei spendere. Considero bollette, tasse, i giornali per mia madre, la spesa. Ricomincio. Tolgo i giornali.

Tutto è diventato un numero: se faccio un bagno caldo penso a quanti centesimi di bagnoschiuma sto usando. Al costo dell'acqua. Al grado di usura che sto aggiungendo agli asciugamani. La carta igienica, la crema idratante. Tutto ha un valore, tutto finisce e si consuma e non potrò averne ancora.

«Non ci sono biscotti al cioccolato?» chiede mia madre dall'altra stanza. Io sono sul letto, di fronte a me una valle di monetine.

15

CALAMARI

Faccio scorte. Sono convinta che quando tornerò a Milano la casa di mia madre si svuoterà dei viveri, di quel che è necessario. Compro pacchi di carta da cucina, biscotti, caffè in offerta. Provo a spendere il meno possibile.

Poi sono al mercato di Ortigia, dove la gente si stringe nei cappotti anche se io sto bene con solo un maglione.

Chiedo due chili di calamari. Li metterò in freezer, così mia madre avrà del buon cibo da consumare. Non ho mai comprato del pesce: di solito si materializzava in casa per le feste. Non ho idea di quanto costerà. In tasca, nel borsellino, ci sono quaranta euro che dovranno bastare. Sarà il nostro unico lusso.

«Glielo pulisco?» chiede un ragazzone sudato. Dico di sì e lui appoggia i calamari viscidi su un tavolino di legno. Ha una sigaretta in bocca, non usa guanti. Le sue mani sono enormi e scure.

Un uomo anziano, forse il padre del ragazzone, urla a

intervalli regolari parole che non capisco. Sembra che parli con me, mi guarda. Sto per chiedergli se posso fare qualcosa per lui, quando qualcuno mi urta da dietro. Una ragazza.

«Scusi» dico, anche se non è colpa mia.

«Viene a sedersi vicino a me» dice lei. «In chiesa.»

«Come?»

«In chiesa.» Si afferra una ciocca di capelli e la tira. «Ha il coraggio di sedersi vicino a me. Vive come una prostituta.»

Cerco un senso nelle sue frasi, poi capisco. «Vicino a me, viene» continua lei. Si vede che la cosa l'ha sconvolta.

«Via, via» dice l'uomo anziano.

La ragazza continua a camminare, parlando a chiunque. Ora guarda una signora che tiene la mano di una bambina. «Ha questo coraggio» le dice. «In chiesa!» La signora scappa.

Il ragazzone butta via la sigaretta e la pesta. Sotto il tavolo ci sono molte cicche.

«È sempre qui» mi fa sapere. «Ogni tanto chiamiamo la polizia, ma non ci possono fare niente.»

«Ah.»

«Diventa volgare» aggiunge. E mi guarda, per vedere se ho capito. «Spaventa i clienti. Ma fa pena, sa. Quando vengono a prenderla si ribella, la devono tenere. E tanto la riportano qua, alla fine. Non possono fare niente.»

Annuisco. Lui riprende il suo lavoro, io mi volto per cercare la ragazza. È ferma in un angolo, dietro una bancarella di frutta, con le mani in tasca. A un certo punto si rianima, prende a camminare e canta a voce alta.

«Io, un giorno crescerò…»

«Ma quando devi crescere, tu» dice l'uomo anziano mentre mi mette i calamari in busta.

16

A CASA

Non so perché, ma ritrovare l'appartamento di Milano come lo avevo lasciato mi sorprende.

Il letto è in disordine. Il piumone giace accartocciato, con sopra il portatile spento. In bagno c'è odore di acqua stagnante, in frigo c'è una lattina di ceci e della marmellata. Sul tavolo, una macchia di caffè.

Apro le finestre. Dovrebbe nevicare, oggi. Lascio entrare l'aria ghiacciata e respiro; i termosifoni sono caldi.

In Sicilia c'erano tredici gradi, qui zero. Sembra siano passati anni. Sono tornata.

Preparo una tisana bollente, poi un caffè, mangio una galletta di riso rimasta. Dovrò far la spesa, cercare un lavoro, riprendere tutto. Vado a finire sotto il piumone con un libro che avevo iniziato prima di partire. Lo leggo, anche se non mi piace. Diventa sera.

Sfoglio un quaderno sul quale avevo segnato tutti i luoghi da visitare: le librerie indipendenti, i posti in cui fanno muffin e cupcake, le vie dello shopping, i parchi, i musei. Ci sono un po' di voci depennate, ma non ho avuto il tempo per esaurire quelle liste. Ora sono tornata. I soldi non bastano, mangerò poco, che importa, me la caverò. Non ho nemmeno fame. Faccio un'altra tisana.

Il cellulare suona.

«Ti disturbo?» chiede la voce di mia madre. È un suono lieve, sembra stanca.

«No, no.»

«C'è freddo lì, vero?»

«Eh sì, abbastanza. Ma non è male.»

«Com'è andato il viaggio?»

«Tutto ok. Sono arrivata in orario, ora mi riposo.»

Facciamo una pausa, in cui lei non dice che dovrei muovermi a produrre denaro e io non dico che ho paura.

Parliamo del tempo, di ciò che ha mangiato, dei casi di cronaca nera. Le parole che evitiamo rimangono lì, nascoste.

Quando chiudiamo, non riesco a prendere sonno. Faccio un'altra tisana.

17

PAROLE RUBATE

Mia madre è una voce al cellulare: la chiamo due volte al giorno, se me ne dimentico chiama lei. Le conversazioni si basano sui soldi.

«Quanto ti rimane?» le chiedo.

«Abbastanza.» So che mente. Sono passate tre settimane, lei non sa risparmiare.

«Oggi ho risposto a cinque annunci» dico. Sappiamo entrambe che non serve, ma lei mugugna con ammirazione. Allora parliamo del tempo.

Non è riuscita a imparare come chiudere la chiamata, con lo smartphone. L'ho vista osservare lo schermo che si bloccava da solo, chiedersi persa come interagire con quell'oggetto indisciplinato. Ci salutiamo, di solito chiudo io perché si illuda di aver capito. Stavolta rimango. Ascolto.

Ci sono rumori, forse ha appoggiato il cellulare da qualche parte. La sento camminare. Mi chiedo se potrò spiarla per un giorno intero, sentire tutto quel che fa senza che lei lo sappia. Ci sono voci da televisione, il rumore che fa la sedia a sdraio quando ci si siede sopra.

«Mah» dice. Solo questo. Poi sta zitta e, probabilmente, fissa lo schermo.

Riattacco.

18

IL DETECTIVE

Sono alla stazione di Lissone, mi aggiro in cerca della biglietteria. Ho appena affrontato l'ennesimo colloquio, sono stanca e delusa. La biglietteria non c'è. Sbircio da dietro i vetri di uno stanzino sigillato: c'è solo buio. Non so come fare il biglietto.

Al binario uno vedo un uomo pelato e muscoloso che sta a braccia conserte a fissare l'orizzonte. Nessun altro.

«Scusi, ma per il biglietto?» gli chiedo.

«Non lo so. Questa stazione fa schifo» risponde. Non mi aiuta molto. «Hai controllato se c'è una macchinetta?» aggiunge.

«Non mi sembra che ci sia.»

Mi segue per controllare. Non ci sono macchinette, non c'è nessuno.

«Prova in tabaccheria» dice, e si rimette nella sua posa al binario uno.

Lì mi fanno il biglietto, poi torno indietro. Lui è ancora

nello stesso punto e manca qualche minuto per il treno. Attendo.

«Vai a Milano anche tu?» chiede. Annuisco. «Sai, sono un detective. Sono qui per lavoro. Ma la prossima volta col cavolo, prendo la macchina. Ho perso un sacco di tempo.»

Per non sbagliare annuisco di nuovo.

«Anni fa ho incontrato una donna. Mi ha fermato e mi ha detto: ehi, sai che saresti adatto a fare l'investigatore privato? Mi ha insegnato tutto quello che so. Nella vita bisogna provare, buttarsi. Di questi tempi non si può fare altro.»

Si ferma a guardare l'aria. Sembra soddisfatto.

«Tu saresti un'ottima detective» continua. «Se vuoi ti lascio il mio numero. Così mi chiami e ti inserisco. Si guadagna tanto.»

Frugo nel cervello per trovare una risposta cortese. «Va bene» mormoro alla fine. Tiro fuori un taccuino e annoto il suo numero.

«Detective» dice lui. «Devi scriverlo: detective.»

Lo scrivo sotto il numero. «Grazie» dico.

Lui torna a guardare il cielo.

19

DIETRO I MURI

Ogni mattina, in casa, sento una voce maschile. Non so a chi si rivolga. Appartiene di certo a un uomo gentile: si informa, domanda, consiglia.

«Ha mangiato?» chiede oggi. Mi fermo ad ascoltare.

Non c'è mai risposta. L'altra voce è forse troppo sottile per arrivarmi, o magari non dice nulla. Le domande sono sempre poste nelle prime ore del giorno o nelle ultime della sera. Aspetto per vedere se ci saranno ancora.

«Ora si metta a letto, si riposi» dice. Io bevo il mio caffè in piedi, davanti alla finestra aperta, stretta nel pigiama.

«Torno dopo» dice.

Per il resto c'è solo silenzio.

Credo che l'uomo gentile sia proprio dietro il mio muro. Non sa che ascolto, non sa che faccia ho. La sera attendo.

«Eccomi» dice. «Ha mangiato?»

Immagino venga retribuito per prendersi cura di una signora anziana. Il suo tono me lo suggerisce, ma non posso esserne sicura. Oltre la parete sottile c'è una vita di cui non so nulla, che va avanti senza un suono.

«Ora a letto» dice, come a una figlia.

Sto attenta alle voci dei condomini che incontro sulle scale. Li studio per scegliere chi potrebbe essere lui, ma non riesco a trovarlo. Non so cosa me ne farei del suo viso, però vorrei vederlo. Solo per capire che faccia ha una persona così dolce.

«Eccomi» dice da dietro il muro. Io bevo una tazza di tè fumante, mi siedo, ascolto.

20

FORTE

Cercare lavoro ti insegna a mentire, in caso tu non ne sia ancora capace.

«È un tipo particolare» dice la segretaria che, se mi assumessero, diventerebbe la mia collega. Mi affiancherebbe per insegnarmi il mestiere, quindi vorrei starle simpatica. Sta parlando del capo.

Io sorrido, incerta. Non voglio parlar male di lui ancora prima di incontrarlo.

«Gli piacciono le persone precise» continua lei. «Bisogna fare ogni cosa nel modo in cui lui la chiede, esattamente in quel modo.»

C'è anche una signora gioviale, le due si guardano con complicità. Deve essere divertente potersi sfogare con me.

«Ma puoi chiedere a noi, siamo come una famiglia. Per qualsiasi cosa, puoi chiedere» dice la segretaria. «Ci aiutiamo sempre fra noi, qui.»

Sembra una bella cosa.

La prima parte del colloquio è conclusa. Mi portano in uno stanzone pieno di libri, con un enorme tavolo centrale. Sono gentili: aprono porte per me, scostano la sedia per farmi sedere. Mi chiedono se so battere su una tastiera, se conosco l'inglese, se sono disponibile subito. Dico sempre di sì, sono perfetta. Vorrei che mi scegliessero. Non vedo perché non dovrebbero.

Scherziamo, loro ripetono che il capo è strano, troppo esigente, antipatico. Lo dicono con parole gentili, ma chiare. Siamo già come sorelle, che lottano insieme per lo stipendio a fine mese. Ci stringiamo le mani, la signora gioviale mi accompagna all'uscita.

«Un'ultima domanda» dice la signora. «Ti consideri una persona forte?»

Ci penso un attimo. «Sì» rispondo. «Direi di sì.»

«Ah» fa lei. C'è un momento di delusione che non riesco a interpretare. «No, perché sai. Lui vorrebbe un tipo tranquillo.»

«Ma sono tranquilla» dico, disperata. «Sono molto tranquilla. Non penso che l'essere forte lo escluda.»

«Eh, sai com'è» dice lei.

Ci salutiamo nonostante quella insanabile ferita. Me ne vado perplessa. Non mi richiamano.

21

LA MIA LAPIDE

Ricevo il manoscritto di una conoscente. Sa che mi piace scrivere, nient'altro; negli anni abbiamo dimenticato tutto l'una dell'altra. Il viso nella foto di Facebook è nuovo. Chiede se posso darle un parere.

Prima di rispondere, leggo. È pomeriggio, non ho impegni. Sul letto, esploro il mondo che cercava di creare.

Ci sono troppe parole. Evidenzio, scrivo commenti. I personaggi sono deboli, poco credibili: c'è qualche pezzo in cui tentano di fare gli spiritosi, ma non fa ridere. Lo scrivo. A parte le note sul testo, quel che ho da dire riempie sei facciate. Sono stata sincera. Ci ho messo qualche ora ed è tardi. Scivolo sotto il piumone, dormo.

Al mattino c'è la sua risposta: i miei interventi erano proprio ciò che le serviva, ha bisogno di aiuto e io sono bravissima nel far notare gli errori. È entusiasta di questo mio incredibile talento, vuole pagarmi per continuare a darle una mano. Mi prega. Più volte.

Accetto. Fisso il prezzo a cento euro, le dico dove versarli. Finalmente potrò fare la spesa.

Sarà un lavoro faticoso, non so se ne sarò capace. Dopo, ci penso e quasi mi pento. Forse la sto prendendo in giro, non sono una vera professionista, dovrò scoprire come si fanno le ricevute, il prezzo è sbagliato, dovrei rifare tutto e scegliere opzioni migliori. Ma ho fame e non importa.

Sulla mia lapide scriveranno: ci ha provato.

22

Devo avere a che fare con una strana parola: residenza. La mia carta d'identità urla il mio essere straniera, a Milano. Parla di Siracusa. Continuerà a farlo, perché il mio contratto d'affitto non è regolare.

Mi accorgo che qualcuno ha strappato l'etichetta sul citofono, dove avevo scritto il mio cognome. Sotto c'era un nome straniero veramente, forse arabo, che adesso corrisponde al pulsante da premere per suonare al mio monolocale.

Fermo il portinaio mentre corre in giro con una scopa in mano.

«Dovrei mettere il mio cognome sul citofono» dichiaro. Lui sembra confuso. «Per la posta. Mi serve.»

«Ma non si può» risponde, e io lo guardo sorpresa. «Per farlo devo smontare tutto. Non si può.»

In effetti, per com'è fatta la pulsantiera, bisognerebbe svitare e inserire e riavvitare. Non mi sembra impossibile, comunque. «E quindi come si fa?»

«Non si può» dice lui.

Rimaniamo lì a contemplare l'ineluttabilità del fato, il portinaio con la faccia un po' scocciata e io perplessa.

«Devo pagare qualcosa? Se devo, non c'è problema» tento.

«No, no, non si può proprio.»

A questo punto se ne va e torna al suo lavoro. Mi giro verso quel pulsante, mi chiedo se potrei specificare che per raggiungermi bisogna citofonare a un arabo. Se non si può, sono sconfitta; non me la sento di violare questo comandamento. Poi guardo gli altri nomi: tutti ordinati, sotto la plastica che li protegge. Non è giusto, non posso accettare che il mio non ci sia.

Raggiungo l'ascensore e salgo a casa. Frugo tra la cartoleria che conservo in un angolo, afferro le etichette adesive bianche, ci scrivo sopra il mio cognome nel modo più chiaro possibile, prendo le forbici e taglio. Scendo di nuovo.

Mentre il portinaio non mi vede, attacco quella parola accanto al mio pulsante. Se la staccheranno ancora, lo rifarò: non importa, io ci sono.

Se devo lottare, per esserci, allora accetto la sfida.

23

Ho finito le sigarette, ma non ho tempo di uscire a comprarle: devo scoprire cos'è un sostituto di imposta. Devo trovare un modello per le ricevute. Devo leggere tre manoscritti entro la settimana prossima. Sto lavorando; non sembra vero.

Sono in pigiama a un tavolo da cucina che traballa, davanti al portatile. Batto sui tasti con furia, veloce, più veloce. Leggo. Ho una pila di libri ancora sconosciuti, rimasti lì perché c'è altro da fare. Ovviamente non la prendo sul serio, è solo una prova, non andrà bene. Lo so. Ma sul mio conto ci sono delle cifre che cambiano; per una volta, il totale aumenta. Scrivo di notte, il buio aiuta. Ascolto canzoni nuove, medito di comprare qualcosa che mi piaccia. Sorrido. Alla fine sono le parole, segnetti neri sullo sfondo che illumina la stanza, a sfamarmi.

«Sei contenta?» chiede mia madre al telefono. Ci sono quei secondi in cui aspetto, in cui non voglio dirlo per scaramanzia.

24

DI COSA AVER PAURA

Cammino verso la tabaccheria cinese, con le mani in tasca. Ci sono piccole pozzanghere d'acqua in giro; non sapevo nemmeno che avesse piovuto.

Incrocio un signore che sta caricando la spesa in macchina. Con lui c'è una ragazza, forse sui quindici anni, sottile e sicura sotto la lana. Lui chiude il bagagliaio mentre arrivo, fa per allontanarsi. La ragazza, credo sua figlia, rimane ferma.

«Vieni» le dice. «Dai, forza.»

«Falli volare via» dice lei.

Io cammino, ormai li ho raggiunti. Il padre incrocia le braccia e sbuffa, la figlia rimane immobile.

«Non ci passo, lì in mezzo» insiste, spaventata. Ha paura dei piccioni, non vuole avvicinarsi. Ce n'è un gruppo, in effetti, che cerca briciole sul marciapiede proprio tra i due. Non mi fermo e quelli volano via con un gran frullare di ali. Non ho nemmeno rallentato.

Li supero: sento che si riavvicinano e parlano tra loro. La ragazza, ora, ride. Mi viene in mente che vorrei parlarle della vita: ci sarà ben altro di cui aver paura.

Pensando a questo, mi innervosisco da sola. Non capirebbe, dovrà passarci. Dovrà provarlo. Soffrirà come succede a tutti, diventerà matura, crescerà e smetterà di temere i piccioni. Le sembrerà una cosa da nulla averli addosso. Vorrei essere io, ad aver paura dei piccioni. Vorrei poterla afferrare per le spalle e scuoterla, scuoterla fino a farle capire cosa conta davvero.

Quando torno indietro, dopo aver comprato le sigarette, loro non ci sono più.

25

PERDENTE

Sto parlando al telefono con un editore. Fuori, lontano, c'è il suono di un trapano.

«Abbiamo iniziato da poco» mi dice. «L'editoria oggi sta morendo. Le grandi case editrici non pubblicano esordienti, ci vuole la raccomandazione. Ma questo lo saprai già, immagino.»

Non rispondo. Alzo le sopracciglia nella mia stanza da letto, dove lui non può vedermi. Emetto un piccolo verso per incitarlo a continuare.

E lui continua, grato del mio silenzio. «Io voglio dare a questi autori una possibilità, capisci?»

«Be', è una bella cosa.»

«Infatti. Certo, il libro ha un costo. Non posso stamparlo gratis. E piazzarlo nelle librerie è inutile, nessuno compra titoli che non conosce. È ovvio che serve rientrare nelle spese.»

«Certo.»

«Quindi ho bisogno di qualcuno che trovi autori intraprendenti, con alle spalle una rete di contatti. Che vendano. Capisci?»

«E se non ce l'hanno?» chiedo.

«Se non ce l'hanno, dovrebbero. Basta impegnarsi.»

Evito commenti. «Ma non tutti sanno come promuoversi. Mi sembra difficile.»

«Infatti chiedo all'autore di comprare cento copie. Solo cento. Ci guadagna un sacco, appena trova qualcuno a cui venderle. Le può comprare con lo sconto.»

«Ah, ecco.»

C'è un attimo di silenzio, io ascolto il trapano. L'intensità del suono aumenta, poi si interrompe, aumenta di nuovo. L'editore tace, deluso dalla mia mancanza di entusiasmo.

«Perciò pensavo» riprende di botto, «tu potresti trovarmi queste persone. E magari fare l'editing dei manoscritti.» Attende, spera nel richiamo dei soldi facili. «Posso dire che serve per forza e farli passare da te.»

«L'autore deve comprare cento copie a cinque euro l'una» dico.

«Sì» dice lui, contento. «E se ne convinci uno tu, prendi anche la percentuale sulle vendite.»

«Quindi non ti rivolgi all'autore qualsiasi. Nessuno può spendere tutti questi soldi, più il costo del mio lavoro, per farsi pubblicare e doversi promuovere da solo.»

«Ma lo fanno» dice lui. «Lo fanno, pagano migliaia di euro. Io voglio dar loro una possibilità.»

Stiamo ancora in silenzio. Non so come dirglielo, non voglio essere scortese. Ho bisogno dei soldi che mi offre. So che mi pentirò di aver rifiutato quando non saprò come pagare l'affitto, quando sarà notte e avrò addosso l'ansia di non poter più mangiare. La strada facile fa schifo, quella difficile pure. Mi mordo le labbra e ascolto il trapano.

«Ci devo pensare» gli dico.

«Va bene, certo, pensaci. Io intanto ti mando il contratto, poi mi dici.»

La telefonata è finita. Vegeto sul letto per un po', gli occhi fissi sul bianco del soffitto. Penso all'operaio che sta lavorando nel palazzo di fronte, al suo sudore, alla fatica. A quella di tutti. A come ogni autore è fiero, all'emozione che ci mette quando mi descrive la sua opera, anche e specialmente se fa schifo. Penso alla passione. All'onore.

I minuti passano, poi c'è un trillo: controllo la mia casella di posta. L'editore, come promesso, mi ha mandato un allegato. Si chiama "contratto.rtf".

Chiudo, torno a sdraiarmi. Il futuro è un'ipotesi, forse morirò, ma prima o poi capita a tutti. Rimango lì ad ascoltare l'operaio e la sua sinfonia, con il sorriso sulle labbra. Sono povera, sono senza speranza, non ce la farò. Sono una perdente, ma sono ancora libera.

26

L'UNIVERSO SUL BALCONE

Ho conosciuto un ragazzo e ora ci troviamo entrambi sul mio balcone. Ho addosso una coperta, lui è a maniche corte. Dice di esserci abituato.

«Ci pensi mai all'universo?» gli domando.

Lui ride. «In che senso?»

«Sai, quando hai un problema. Quando sei preoccupato.»

«No, di solito non penso all'universo.» Ride ancora, sottovoce. Forse gli sembro un po' matta.

«Perché… Insomma, è grande. Non sappiamo nemmeno quanto. Non sappiamo niente, noi, dell'universo.»

Annuisce, divertito. «E allora?»

Mi osserva con la curiosità di chi ancora non ha scoperto tutto. Mi piace.

«E allora, cosa sono i nostri problemi? Lì fuori ci sono stelle che esplodono, pianeti che si scontrano. Non ne sappiamo nulla, siamo microscopici. Ci pensi, all'importanza che hanno i tuoi problemi nell'universo?»

«È una cosa molto zen, ma non credo aiuti.»

«Invece aiuta. Tu stai lì, a preoccuparti delle bollette, quando…» Indico il cielo. Non si vedono stelle, perché siamo a Milano, ma è bello lo stesso. «Quando lì fuori…» Lui ride di nuovo. «No, davvero» insisto.

«Certo, certo.»

«Non sappiamo se è infinito. Magari lo è. Magari ci sono infinite versioni di noi, oppure non c'è niente. Magari non abbiamo capito nulla di come funziona. E io…» Mi fermo un attimo. Ridiamo come due idioti. «E io dovrei preoccuparmi delle bollette? Ma insomma!»

«Se ti serve una mano, posso aiutarti» dice.

«Non intendevo questo.»

Accendo una sigaretta, improvvisamente seria. Non voglio i suoi soldi. Volevo solo parlare dell'universo.

«Davvero. Non è un problema» insiste.

«Non c'è bisogno, grazie. Ne vuoi una?»

«Dai, mi fa piacere esserti utile.»

È gentile. Sarebbe bello chiudere gli occhi e accettare, ma ho paura che sia una bugia. Ho paura di appoggiarmi e cadere. «Me la cavo da sola» dico.

«Come vuoi. Però se ti serve sono qui.»

Mi stringo nella coperta. Lui rimane fermo, non mi tocca.

27

LEGAMI

«Ma quindi che fai?» chiede una conoscente al telefono. Ho provato a dirlo più volte, ma nessuno sa cosa sia un editor freelance.

«Correggo manoscritti» rispondo, per riassumere.

«Ah.»

C'è un attimo di silenzio, in cui l'informazione viene elaborata. Immagino i neuroni che pulsano, anche se a dire il vero non so nemmeno come siano fatti. Per me sono piccole pallette color carne e un po' blu, perché hanno a che fare con l'elettricità. Almeno credo.

«Quindi lavori a casa» dice lei.

«Sì» ammetto. Pare una brutta cosa.

«Ma allora potresti farlo a Siracusa» continua.

Potrei, certo. Potrei anche farlo in Alaska, se avessi la connessione. Potrei farlo sul soffitto a testa in giù.

«Sì, ma...» inizio, ed è fatta. Seguono motivi patetici, tipo che a Milano ci sono le mistiche possibilità. In realtà ci sono gli alberi scheletrici del Giambellino, c'è la gente in strada con i suoi quindici cani che si sente sola, c'è l'accento che ho imparato ad amare, c'è la mia vita. A Milano ci sono io. Certo, potrei vivere anche a Siracusa, comunque.

«Ah» dice lei, dopo. Non capisce. I neuroni pulsano ancora, fanno fatica. Forse la parola "possibilità" mi è utile, alla fine. Ha il suono misterioso di quel che non conosci, quindi la rispetti. Sembra importante. E poi boh, Milano. Ci saranno almeno qui, queste maledette possibilità. Avrò ragione anch'io, insomma.

Ci salutiamo. Fuori il cielo è bianco. Sono ancora me stessa, nonostante tutto.

28

APERITIVO CON RAGIONIERE

Renato è il migliore amico del figlio di un'amica della collega di mia madre. È nato a Palermo, poi si è trasferito a Milano e con un diploma di ragioneria è stato assunto da qualcuno. Potrebbe avere trenta o cinquant'anni, è quasi pelato, gonfio, la pelle lucida. Di lui non so altro. Gli hanno dato il mio numero sperando mi aiutasse a trovare un lavoro. Quel che ha fatto, in realtà, è stato dirmi "spero che ne troverai presto uno" e poi invitarmi per un aperitivo. Lì al tavolo con lui, mi domando perché sto sprecando tempo.

«E quindi cos'è che fai?» chiede. Guardo le sue mani: ha le dita grosse, le unghie sporche. La voce, però, è quella di un ragazzo. Non mi è antipatico, sono solo perplessa dalla situazione.

«Editor» rispondo. Aspetto l'attimo standard, noto che non sa cosa voglia dire, continuo. «Correggo manoscritti.»

«Ah, per una casa editrice.»

«No, per gli autori. Prima che vengano pubblicati.»

Mi guarda. Ha l'aria di volermi dire che dovrei scegliere un mestiere vero. «Ah» fa, e beve dal bicchiere con l'ombrellino. «È difficile» aggiunge. Io annuisco e bevo. «Cioè, non è che vieni qui e poi subito trovi qualcosa. Bisogna impegnarsi.»

Lui è stato raccomandato da un parente. Annuisco ancora e spero non inizi a dire che devo inventarmi il lavoro.

«Ma quel che faccio mi piace» dico.

«Però ci campi?»

«Per ora no, ho iniziato da poco. Però inizierò un corso.»

«Eh, un corso.»

Non so perché disapprovi così tanto. Continuo a bere, fingendo di non notarlo.

«Qui fanno tanti corsi» dico.

«Ma devi avere amicizie.»

«Per i corsi?»

«No, per guadagnarti da vivere. Senza amicizie non vai da nessuna parte.»

Apprezzo, almeno, la schiettezza. «E se non ne hai?»

«Se non ne hai…» Ride. Forse ha bevuto troppo. Inizio a preoccuparmi. Fisso ancora le sue dita mentre maneggia il bicchiere, ci gioca, accarezza la brina sul vetro. «La vita è difficile.»

«Già.»

«Io ho comprato una casa, ma solo perché sono riuscito a lavorare subito. Con gli amici giusti. Però, se fai l'editor…»

Fare l'editor, evidentemente, non ammette amicizie. «Mh» dico, per far finta di essere d'accordo. «E se non ho gli amici giusti?» Non so perché insisto, non mi interessa davvero, ho già capito come la pensa.

«Eh» risponde. E beve. «Ci sei su Facebook? Magari ti aggiungo, così se mi capita di conoscere qualcuno che può aiutarti ti faccio sapere.»

«Certo.»

Accarezziamo i bicchieri, in cerca di punti su cui posare gli occhi.

29

IL TALENTO

Ho mandato il mio romanzo in lettura a quattro conoscenti. Dalle loro risposte dipenderà la mia vita, ma non vorrei metterli sotto pressione e quindi attendo senza chiedere.

«Cos'è, secondo te, il talento?» chiedo al ragazzo che ormai passa a cenare da me ogni sera. Abbiamo ordinato sushi, offre lui. Sul letto ci sono vaschette di plastica scura colme di hosomaki e nigiri. Io mangio con le mani, perché non ho mai imparato a usare le bacchette.

Lui si ferma a pensare. «Il talento?»

«Sì, cioè, da cosa si capisce se una persona ce l'ha?»

«Tu ce l'hai» mi dice. Io lo guardo male. «No, davvero.»

«E perché?»

«Sai scrivere. Sei brava.»

«E questo è talento?»

«Boh, io non lo so fare. Tu sì.»

Lui continua a mangiare, io rifletto.

«Ma non sono mica Shakespeare» dico.

«Che c'entra» dice lui, poi mastica. «Non lo so. Io non ho talento.»

Mangio un nigiri al salmone. «Sì che ce l'hai» gli dico.

«Nah.»

Forse dovrei insistere, ma non mi va. Non saprei dirgli che talento abbia lui, a parte quello di farmi compagnia. Posso stare in pigiama, posso non preoccuparmi di pulire bene la casa prima di farlo entrare, ma non so se questo sia un talento. Non credo.

«Però mi piacerebbe leggere il tuo romanzo» dice.

«Sì? Se vuoi te lo mando.»

«Grazie. Così ti dico cosa ne penso.»

È la prima persona che chiede spontaneamente di leggere qualcosa che ho scritto. Potrebbe essere un momento importante, potrei aver voglia di innamorarmi. Ma lui non se ne accorge. Ed è meglio.

Finisco la mia vaschetta, chiudo il barattolino di salsa di soia.

«Domani che fai?» chiedo.

Si lecca le dita, che sono lunghe e sottili. «Lavoro. Dopo, se vuoi, vengo qui.»

«Va bene.»

Mi alzo e metto la salsa di soia in frigo. Anche lui ha finito, e mi segue porgendomi una sigaretta. Fumiamo sul balcone, guardando il cielo, senza dire nulla di particolare.

Quando se ne va, la casa rimane in silenzio.

30

UNA NUOVA AMICA

Entro in ascensore distratta, con le buste della spesa. Dentro c'è una vecchietta piccola e bianca, che non si aspettava di vedermi.

«Scusi» le dico.

«Mi hai fatto paura» dice lei, ma ride. Ha gli occhi celesti; i suoi capelli, raccolti sulla nuca, sono così bianchi che risplendono.

«Scusi» ripeto. «A che piano va?»

«Terzo.»

«Ah, anch'io.»

Ci sorridiamo tutte felici, come se la scoperta ci rendesse amiche. Lei mi piace. Ha una voce dolce.

«Bella, la gioventù» dice mentre saliamo. «Devi rimanere giovane sempre. Non invecchiare.»

È uno strano consiglio. «Prima o poi invecchiamo tutti.» Non è una grande consolazione per lei, che si stringe nelle spalle e non aggiunge altro.

Arriviamo al piano. La guardo camminare fino alla sua porta, tirar fuori le chiavi dalla borsa ed entrare.

«Arrivederci, allora» dice.

«Buona giornata.»

Rientro in casa anch'io, e realizzo che è lei: la vecchietta con il badante gentile che sento al di là del muro ogni giorno. Quella che invidiavo perché ha qualcuno. Finalmente l'ho incontrata.

Il giorno dopo, al mattino, sento la voce del signore gentile.

«Ha mangiato? Ha dormito?» le chiede. «Come va?»

Non risponde.

31

ANCORA VIVA

Ho comprato un libro al Libraccio, usato. Prima che lo avessi in mano io, un'altra persona lo ha letto, ha toccato le stesse pagine. Ha guardato le stesse parole, lo stesso inchiostro. Ha sottolineato dove dice: "Un giorno scriverai di noi, di questo momento".

Di quella persona non so niente e lei non sa niente di me. C'è una linea sottile, tracciata a matita, sotto la frase. Una linea che ondeggia. L'unica cosa che so di quella persona è che non ha la mano ferma.

Fisso la linea e penso che un giorno non ci sarò più. Che questo pensiero, prodotto qui e ora, non ha senso e non rimarrà.

Poso il libro, aperto, sul letto. Vorrei scriverne, perché rimanga. Forse è l'unico modo. Sollevo il portatile che giace lì accanto, lo apro, lo schermo si illumina.

Avevo lasciato aperto il file di una correzione che stavo portando avanti: sono parole di altri, non mie.

All'improvviso tutto mi disgusta.

Apro un file nuovo. Scrivo, batto sulla tastiera. Forse non lo leggerà mai nessuno, ma scrivo lo stesso.

Oggi sono qui, esisto, posso farlo. Sono ancora viva.

32

LA DANZA DEL CONTATTO

«Se dovesse capitarti di morire oggi, saresti soddisfatto della tua vita?» chiedo al ragazzo che viene da me ogni sera. Gli faccio sempre domande strane, ma lui pare apprezzare. Pensa che io sia interessante. Mi fa piacere.

«No» risponde.

«Io sì» dico. Forse però non è vero; è difficile essere sicuri di una cosa del genere.

Sono lì sul letto in pigiama, con lui che ha gli occhi su di me anche se sono spettinata, struccata, stanca. Ho lavorato tutto il giorno. Ho voglia di essere allegra, di dire idiozie senza pensarci troppo, e con lui posso. Mi fa sentire al sicuro.

«Dai, ci sono sempre tante cose che si vorrebbero fare» azzarda, non troppo convinto. «Come puoi rassegnarti a non esistere più?»

«Ti capita mai» chiedo, «di guardarti allo specchio e sorprenderti di essere te stesso?»

Rido di quel che sto dicendo, sottovoce. Lo fa anche lui. Siamo vicini, le nostre ginocchia si sfiorano.

«Sì» dice. Mi sorprende.

Si avvicina ancora. Io rimango ferma.

«Perché vieni qui ogni giorno?» chiedo. Non risponde. Siamo sospesi in quello stato incerto, in cui tutto può succedere. Se mi desse un bacio la realtà si complicherebbe troppo, all'improvviso non sono certa di volerlo. Stringo le labbra.

«Perché mi piaci» dice.

Tutto intorno ha poco senso, le pareti sono liquide, io mi sento felice e impaurita.

«Ti va una sigaretta?» chiedo.

E lui mi bacia. La sua bocca sulla mia è un soffio leggero, si appoggia appena. Chiudo gli occhi e mi faccio condurre.

33

L'APE

«Cosa hai mangiato a pranzo?» chiede mia madre da dentro il telefono. Passeggio per casa come si fa mentre si parla al cellulare. C'è la moka sul fornello acceso, aspetto che esca il caffè e intanto cammino.

«Non mi ricordo.»

«Ma come, non ti ricordi? Come fai a non ricordartelo?»

«Boh.»

Lei mi parla sempre dei suoi pasti. Descrive nei minimi particolari ogni cosa che cucina, ogni cosa che ha comprato facendo la spesa.

«Un panino» dico infine. In realtà ho saltato il pranzo, mi sono dimenticata, non avevo fame. Stavo lavorando, non ho fatto caso all'ora. Guardo fuori dalla finestra, distratta, quando un'ape entra portandosi dietro un ronzio roco.

«E cosa ci hai messo dentro?» chiede mia madre. Io scappo in bagno e chiudo la porta.

«Aspetta, c'è un'ape.»

«Eh?»

«È entrata un'ape in casa.»

Attendo. Mi sembra di sentirla, lì fuori. Apro un poco la porta, ma non la vedo. Rimango immobile, senza sapere cosa fare, sentendomi scema. Le api mi fanno paura, non voglio essere punta. Forse non pungono facilmente come le vespe, ma ho paura lo stesso. Non so come comportarmi, di certo non potrò vivere chiusa in bagno per sempre.

«Falla uscire» commenta mia madre. Faccio una smorfia: grazie tante.

«E come?»

«Con un panno. La spingi via.»

«Sono in bagno, mi sono chiusa qui.»

Lei rimane zitta. Stavolta sono io a essere quella strana, sono incoerente: mi prendo gioco delle paure degli altri, poi tremo per un insetto.

«Come faccio?»

«Eh, non lo so. Spingila via con qualcosa. Non ti fa niente.»

Provo a uscire. Cammino sulla punta dei piedi, come se l'ape potesse sentirmi se faccio rumore. È ancora lì, sui fornelli. La moka sta vomitando piccoli getti di caffè intorno, dovrei almeno spegnere il fuoco.

«Come faccio?» chiedo ancora. Mia madre respira.

Con il cellulare all'orecchio, afferro al volo una pezza abbandonata su una sedia e mi avvicino. La finestra è spalancata, ma l'ape non si dimostra molto sveglia: sbatte sul vetro, producendo piccoli tonfi che mi fanno accapponare la pelle.

«Ce l'hai fatta?» domanda mia madre con una certa impazienza.

«No, aspetta.»

Sono vicina. Allungo un braccio e colpisco l'ape con la pezza. Lei sobbalza, inizia a ballare su e giù lungo il vetro.

«Ma non esce, questa!» esclamo. «Non capisce!»

«Spingila. È aperta, la finestra?»

«Sì che è aperta. Ma non esce!»

L'ape ha un'idea e fa un tentativo: cambia rotta, vola verso il centro della stanza e io fuggo. Torno in bagno, richiudo la porta, poi mi siedo sul bidè e sospiro.

«Magari se aspetto esce da sola» dico.

«Di sicuro, non ti preoccupare.»

Sono nervosa. «Scusa, lo sai che le api mi terrorizzano» dico a mia madre. Lei ridacchia.

«Tranquilla, vedrai che ora se ne va» risponde.

«Comunque, nel panino ci ho messo degli affettati.»

«Ah. Io ho mangiato il riso, te l'ho detto?»

«Sì.»

Ascolto com'era il riso: con le verdure e un po' di tonno. L'ha portato in ufficio in un contenitore di plastica, perché comprare il pranzo fuori costa troppo. Me lo aveva già detto. Sto lì sul bidè e ascolto. Sento un ronzio, di nuovo. Mi giro: la finestra del bagno è socchiusa. Piano piano saltella dentro un'ape, probabilmente la stessa che ha fatto il giro.

Grido. Scatto in piedi e corro, chiudendomi la porta del bagno alle spalle mentre sento la voce di mia madre che chiede cosa succede. Sul fornello, intanto, la moka lacrima plastica fusa.

34

IL PESO DELLE PAROLE

«Scrivi bene» è il parere del ragazzo che cena da me. Parla del mio romanzo.

«Tutto qui?»

Siamo seduti sul letto scomposto, io abbraccio un lembo del piumone che non ho ancora tolto.

«No» continua lui. «Mi piace la storia, è interessante.»

Guardo le sue mani. Non voglio sembrargli fastidiosa, ma parlerei per ore della mia creatura. Voglio dibattere, voglio che ne parli per giorni, che ne sia affascinato. Eppure non dice altro. Mi sento delusa.

Ho ricevuto cinque pareri, finora. Tutti piuttosto superficiali: scrivo bene, mi comunicano. E basta.

«È il mio primo romanzo» dico. Lui annuisce come se fosse una dichiarazione significativa. «Non so come sia.»

«Va benissimo. Te lo pubblicheranno, ne sono sicuro.»

Giocherello con la coperta senza muovermi. «Non so.»

«A me è piaciuto.»

«Magari fa schifo.»

«Non preoccuparti» dice. E basta.

Non aggiunge che sono un genio, che l'umanità non può fare a meno delle mie parole. Quel che ho scritto deve essere orribile.

«Non sono preoccupata, vorrei solo sapere come misurare il mio valore. Sai, in modo oggettivo.»

«Ma non esiste, un modo oggettivo.»

«Dici?»

Devo sembrargli tenera, immersa nelle mie preoccupazioni senza senso.

Lui fa il commesso in un negozio, senza contratto, senza ferie. Guadagna comunque più di me, che con i manoscritti raggiungo a stento cinquecento euro al mese. Sto iniziando, dico a tutti per giustificare la mia povertà. Andrà meglio, di certo.

«Per me vali tanto» dice.

Non riesco a capire l'amore. Sono confusa, non so cosa rispondere. Non so perché mi trovi interessante. Non penso di esserlo. Non capisco.

«Perché?» chiedo.

«La tua testa è piena di cose buffe.»

«Non sembra un complimento.»

«Sei strana. Però in modo carino.»

«Nemmeno questo sembra un complimento.»

Ridiamo. Io fingo di essere offesa e metto il broncio, lui mi abbraccia e ridiamo ancora.

«Non lo pubblicherà mai nessuno» dico, tanto per farmi smentire.

«Ma sì, invece. Vedrai.»

«E se non succede?»
«Ce ne faremo una ragione.»
Ecco, volevo sentire un plurale.
«Ok» dico, e lo stringo.
I contorni del suo corpo mi rendono forte.

35

RISPETTO

Mi trascino verso l'ascensore, tenendo in mano due buste della spesa che pesano troppo.

Un signore anziano è fermo di fronte alla porta, intento a chiacchierare con il portinaio. Mi metto lì vicino, in attesa che la lucina divenga verde, e poso a terra le buste.

«Sono passate tre settimane, ormai» sta dicendo il signore. «Le devi cambiare.»

«È vero, l'ho dimenticato» risponde il portinaio.

«Eh, quando una cosa non la si vuol fare…» Il signore mi guarda, cercando conferma, e io annuisco con estrema serietà anche se non so di cosa stia parlando. Lui si gira ancora verso il portinaio. «Qua ti osservano, lo sai? Stai attento. Devi cambiarle, se no qualcuno si fa male.»

«Ha ragione, l'ho dimenticato» insiste l'altro.

La spia dell'ascensore, nel frattempo, è diventata verde.

«Sai che nel palazzo abitano un sacco di anziani» continua il signore. «Come si fa a scendere le scale al buio?»

«La cambio subito» risponde il portinaio, e se ne va.

Io provo a fissare intensamente la lucina, sperando che il signore si accorga di poter premere il pulsante, ma lui non lo nota. Per com'è messo, mi è impossibile scavalcarlo.

«Ci sono anche degli insetti là sotto, lei li ha mai visti?» mi domanda.

«No, io non…»

«Teresa!»

Il suo urlo mi spaventa, però mi accorgo subito che sta chiamando una vecchietta alle mie spalle. Lei ci raggiunge, sorridente e tremolante.

«Bella come sempre» le dice il signore.

«Oh, ma smettila!» Arrossisce. «Devo andare a comprare il pane.»

«Ma hai visto che la lampadina è rimasta fulminata? Da tre settimane. Roba da matti.»

Sono sempre più indecisa su come segnalare la mia esistenza, ma quelli parlano e non c'è verso. Sposto gli occhi dall'uno all'altra, mentre discutono di quanto il portinaio sia incapace.

«Non hanno rispetto» dice il signore. «Vengono qua e si comportano come se fossero a casa loro. Sai cos'è, Teresa? È che stanno comodi! Quando ero giovane io, se non lavoravo bene mi sbattevano fuori. Altro che cavoli.»

Teresa è costernata da questa vergognosa indecenza, mentre io non so più come farmi notare. I surgelati, nelle mie buste, iniziano a sciogliersi.

«Non hanno rispetto. Ecco, ecco cosa non hanno: rispetto» lo incalza lei.

«Ma davvero. Vorrei ben vedere cosa succederebbe, se a

guadagnare fosse solo chi ne ha, mia cara. Vorrei vedere.»

«Va bene, dai, scappo a prendere il pane» dice Teresa, e io mi accendo dalla gioia. Si salutano con baci e abbracci, lei finalmente si allontana e il signore, con mio enorme sollievo, chiama l'ascensore.

Rimaniamo fermi ad attendere, io sollevo le buste per essere pronta. Appena arriva, lui apre in fretta la porta ed entra, lasciando che gli si chiuda dietro. Provo a trattenerla, ma la busta pesa e sono costretta a posarla di nuovo; non faccio in tempo. Il signore non mi aspetta, l'ascensore è ormai partito.

Sono sbalordita.

«Che testa di cazzo» dice il portinaio, riemergendo dalle scale con una lampadina in mano.

36

QUEL CHE SCEGLI

Un altro lavoro di editing è concluso. Ho letto e riletto, corretto e suggerito. Il file era pieno di colori per gli errori evidenziati, adesso le pagine sono pulite. L'autrice, una casalinga gentile di mezza età che non ho mai visto, si è detta soddisfatta del mio contributo. Con i soldi ho fatto la spesa e pagato una bolletta. Tutto è andato a meraviglia.

Vado al corso di editoria, pagato grazie ai miei guadagni, due volte a settimana. Passo i giorni con il naso tra le pagine, non faccio che leggere: manoscritti, romanzi, saggi, manuali. Faccio schede di lettura per piccole case editrici, anche se pagano poco. Ho ricevuto altri due pareri sul mio romanzo.

Apro il browser distratta, controllo Facebook, guardo l'account di posta. C'è una mail da un sito di annunci lavorativi. È vero, mi ero iscritta alla newsletter. La apro. Dice che cercano una segretaria, Milano zona centro, urgente. Leggo in fretta le caratteristiche richieste: inglese, uso PC, anche senza esperienza.

Penso subito: non posso, ho il corso. In effetti è così, ma la verità è che ormai gli annunci mi procurano un certo disgusto. So che mentono. So che non funziona. Non ho vent'anni, due lauree e tanti stage alle spalle. So che non prenderanno me. Chiudo la mail.

Mi hanno detto che sono brava. Qualcuno, tra le domande (*editor? E che vuol dire?*), mi fa i complimenti: sono coraggiosa, devo sfruttare il mio talento, ce la posso fare. Loro proprio non ce la farebbero. Loro che sono stati assunti davvero, che sono stati scelti, non ce la farebbero a lanciarsi così. Già. Accarezzo la tastiera.

«Seicentocinquanta, per l'affitto» dico al ragazzo che cena da me. Lui ingoia un hosomaki. «Più le bollette. Non ho abbastanza, dovrò farmi fare un bonifico da mia madre. Ancora.»

Mangiamo sempre seduti sul letto, perché ho un tavolo troppo piccolo. C'è poco, qui dentro. Le mie cose sono accatastate nell'armadio, nei pochi cassetti, sul pavimento. Accanto alla porta d'ingresso c'è una pila di libri, buste di plastica da supermercato piene di roba che non so dove mettere. Questa casa costa troppo, eppure non ho spazio.

«In effetti non è poco» dice lui. Lo invidio: vive dai suoi genitori, usa lo stipendio per comprare sushi e sigarette. La sua famiglia non ha mai avuto problemi economici.

«Ma non c'è niente a meno. Pensa a quanto costerà un monolocale in centro» gli dico.

Bagno un nigiri nella salsa di soia. Una goccia cade sul piumone anche se tento di evitarlo. Lascio stare.

«Dovrebbero farmi il contratto, il mese prossimo» dice lui. «O almeno così hanno detto. Se me lo fanno… potremmo condividere un appartamento. Che ne dici?»

«Potrebbe essere un'idea.»

«Così, anche se costasse settecento euro, sarebbe fattibile.»

«Già. Non è male.»

Gli guardo le mani mentre mangia. Abbiamo quasi finito: la sera siamo entrambi affamati, divoriamo il contenuto di costose vaschette in plastica nel giro di pochi minuti e rimaniamo sul letto a parlare. Paga sempre lui. In fondo passiamo già tutto il tempo libero insieme.

«Sarebbe bello se fosse qui, però» dico.

«Qui?»

«Al Giambellino. Mi piace questa zona.»

Lui sorride. Ci è nato, ci è cresciuto, è grato che lo apprezzi. «Si può provare.»

«Allora dai, proviamo.»

Ci stringiamo la mano come due idioti. Finisco il mio sushi sentendomi già diversa, comoda, al sicuro.

«Posso rimanere a dormire?» chiede poi. Gli dico di sì.

Ci addormentiamo vicini, chiacchierando del nulla fino a spegnerci. Forse, è l'inizio di qualcosa.

37

LE GIORNATE VELOCI

Mi sveglio con un raffreddore devastante. Così, a sorpresa. Brucio di febbre.

«In estate verrai?» chiede mia madre dal telefono. Apro i siti delle compagnie aeree, seleziono date, provo. I prezzi sono alti, gli aerei partono alle sei del mattino, alle ventitré, e alle quindici costano il doppio.

«Non so se ce la faccio» rispondo.

«Va bene» dice lei. Il senso di colpa me lo porto sulle spalle, per tutto il giorno, con un pizzico di rancore. Vorrei poter riposare.

Devo farmi un sito. Segno su un quaderno i costi da sostenere, sempre eccessivi. Scelgo il meglio, potrei anche farlo gratis ma non mi va. Posso prenderli dal mio conto, ma poi l'affitto?

«Vengo il diciannove agosto» dico a mia madre il giorno dopo. Lei è contenta ma finge che non le importi. Ho speso quasi tutto quel che avevo, non so come farò.

Mi trascino al corso senza pagare il biglietto del tram, terrorizzata, spiando con occhi grandi chiunque salga per paura dei controllori che comunque non salgono mai. Compro una merendina alla macchinetta, prima di entrare, perché ho fame.

Mentre aspetto in corridoio, come sempre la prima ad arrivare, ricevo un messaggio su WhatsApp. È Renato, il ragioniere. "Come stai?" chiede.

"Bene. Scusa, sono molto impegnata con il lavoro" scrivo.

"Ah, pensa. Io non faccio niente tutto il giorno" risponde subito.

Non so se sia ironico o cosa. Sono sola nel corridoio del liceo che ospita il corso di editoria, davanti alla macchinetta che fa luce, in penombra, con il cellulare in mano. Forse ho sbagliato tutto. Ci penso.

Intorno c'è silenzio.

38

LA BELLEZZA DI UN CORPO MORTO

Il mio peso continua a calare, ormai non ci faccio più caso. Non dipende da me: cammino parecchio e quindi dimagrisco. Succede così, senza impegno.

Sono a pranzo in un ristorante economico, con della gente che conosco poco, compagni di corso. Mangiamo focacce con mozzarella di bufala su sedie di metallo, al sole. Tento di nutrirmi in modo elegante, ma è impossibile e mi sbrodolo come una stupida. Lo fanno anche gli altri, tranne una che è anoressica.

C'è, nel corpo anoressico, qualcosa di soave. Comprendo la poesia del morir di fame; è elegante, a suo modo. E tutti, intorno, fingono di disapprovare e di preoccuparsi quando in realtà ammirano la dedizione alla morte. Chissà perché.

La ragazza, sottile, tagliente, ogni osso in vista, le spalle a punta, ha ordinato un'insalata. La mangia, metodica, una foglia alla volta, perché dovrà bastare.

Mordo la mozzarella, che mi cola sul mento e macchia la maglietta. Sono una bestia affamata. Lei pilucca verdura e rimane pulita.

«Come ti senti?» le chiede qualcuno. Sposta lo sguardo, leggera, come se volasse stando ferma, con la pelle chiara che si arrossa sotto i raggi. Ha qualcosa di prezioso, i polsi piccoli che si potrebbero afferrare due volte con una mano. E le ossa. Sono tutte visibili, anche sotto i vestiti. La guardo di nascosto, mentre tento di pulirmi la faccia.

Ho fame.

Quel corpo mi fa venire fame.

«Bene» sussurra angelica.

Mordo la mozzarella con rabbia.

39

LE STORIE D'AMORE SUL QUATTORDICI

Salgo sul quattordici in fretta, poco prima che le porte si richiudano. Vado in fondo. Tutti i posti sono già presi, quindi mi appendo alla macchinetta obliteratrice. Ripartiamo.

C'è un signore grosso che parla al cellulare urlando.

«Ma io ti amo, lo sai» dice. Lo guardiamo tutti.

Mi scosto per far timbrare a una vecchina più bassa di me. Un ragazzo si alza per lasciarle il posto, si sorridono in silenzio.

«Abbiamo fatto degli errori» dice il signore grosso. «Tutti e due. Ma dovremmo dimenticarli e ripartire da zero.»

Accanto a lui c'è una donna di mezza età che si ferma ad ascoltarlo. Io cerco un punto in cui posare lo sguardo per non essere indiscreta. In tram è così: puoi leggere le regole per il trasporto degli animali, che ormai conosco a memoria, oppure puoi ascoltare le telefonate altrui.

«Lo so, lo so» dice ancora il signore grosso. Le sue spalle

sono davvero larghe, noto. È possente, ha mani enormi, la pelle abbronzata. «Ho sbagliato, ma non vivo senza di te.»

La donna di mezza età annuisce compiaciuta; approva quel tono intimo che ci viene schiaffato in faccia senza pudore. Se urla così tra la gente, deve essere dispiaciuto davvero. Vicino, una ragazza sorride fissandosi le scarpe: sta ascoltando anche lei.

«Sai che mi dispiace» dice il signore grosso. «Voglio che tutto sia diverso. Vedrai, non sbaglierò ancora.»

Tra noi, ogni tanto ci scambiamo un'occhiata. Siamo complici, stiamo seguendo la stessa storia tifando per questo omone tenero e innamorato. Chissà se lei lo perdonerà, alla fine. Fuori, Milano scorre.

La signora e la ragazza si guardano, si sorridono, senza motivo. Il messaggio è: hai sentito? Che carino.

«Ma io ti amo» dice lui. «Davvero.»

C'è anche un uomo in giacca e cravatta che sente, e una coppietta di adolescenti. Siamo tutti lì a sperare. Cambio posizione, mi appoggio al finestrino con la schiena. La vecchietta tiene la borsa in grembo, i due adolescenti si stringono.

«Allora dimmelo, se preferisci lui» dice il signore grosso, dando una svolta alla vicenda. Dunque si tratta di un triangolo. Pendiamo dalle sue labbra.

«Se mi vuoi solo come amante, dillo» continua. «Lo sai cosa succede, dopo.»

Noi non lo sappiamo, e vorremmo. Stiamo immobili ad aspettare, un po' delusi: sembra meno romantico di come pareva. La vecchietta inizia a disapprovare, si vede dalla piega della bocca. La donna di mezza età è perplessa, la coppietta si scambia occhiate divertite.

«Sì, lo sai che succede» continua il signore, con la sua voce forte. «Prima ammazzo lui e poi ammazzo te.»

C'è un momento di gelo che percorre il tram. Gli occhi di tutti gli spettatori vagano confusi, si fermano su quelli degli altri. Siamo sorpresi.

«Prima lui e poi te» dice il signore grosso, con una decisione terribile. «Lo sai.»

Arriviamo alla fermata. Qualcuno scende, in silenzio. Vado anch'io, e il signore grosso rimane lì a urlare da solo.

40

COME DEVE ANDARE

Ci sono le nostre mani, chiuse intorno agli onigiri che costano troppo. Le dita strette sul riso. Lui, quello che ormai potrei definire "il mio ragazzo" se non fossi troppo vecchia per queste definizioni, apre la bocca e io ci guardo dentro. Morde, ingoia. Penso che è solo un essere umano come tanti. Penso a quanta importanza ho iniziato a dargli.

«Poi hanno detto che non me lo fanno subito, il contratto» spara a un certo punto.

«Ma come?»

Mi sento offesa, anche se so quanto sia stupido. Non mi riguarda, non è un mio problema, però ci speravo. Si parlava di un appartamento da dividere, di risparmiare sull'affitto, di qualcosa che ci poteva essere. Di noi.

Lui continua a mangiare, come se la mia vita non fosse appena cambiata del tutto a causa di quell'informazione. Alza le spalle. «E quindi boh, continuo in nero.»

«Ma non è giusto.»

«Già.»

Rosicchio il riso e rimango zitta.

«Sai» fa lui, dopo un po', «in realtà sono fortunato. Almeno mi pagano.»

Siamo patetici. Come si fa a essere grati di lavorare in nero? Dovremmo avere una dignità, farci rispettare. Guardo la sua maglietta spiegazzata da adolescente, con sopra il nome di una band. Guardo la salsa di soia che gocciola sul lenzuolo. Non ho nemmeno un tavolo normale. Che schifo.

«Però prima o poi avranno bisogno di qualcuno da assumere» dice lui, con un sorriso furbo. Io non ci credo.

41

IL MIO MANOSCRITTO

Ho di fronte il file del mio romanzo ormai completo.

Ho ricevuto pareri, ci ho pensato, ho lasciato passare il tempo. L'ho riletto a pezzi, ho modificato qualcosa. Chi sa che l'ho scritto ogni tanto chiede com'è finita. L'ho spedito a qualche casa editrice? Voglio pubblicarlo? Io cambio argomento.

Certo che voglio.

È una massa di parole uscite dal mio cervello: io le ho messe in ordine. Potrebbe farlo chiunque, perché chiunque può disporre una serie di parole su un foglio, ma questo è il mio modo. In fondo ormai leggo manoscritti in continuazione: ci sono quelli che mi inviano per farne delle schede di lettura e gli altri, scritti dai clienti, che migliorano sotto i miei occhi ogni giorno. Sono come nipotini e io la loro zia fiera. Li vedo crescere, gioisco di ogni loro progresso.

Ma questo è il mio.

Stiamo lì, io e lui, a guardarci. Se esiste, è colpa mia.

Mentre scrivevo non vedevo l'ora di finire, già me lo sentivo tra le mani, di carta, con una copertina disegnata da qualcun altro che avrebbe passato del tempo a sceglierla, per me, per le mie parole.

Ora ho paura.

Certo che voglio, ma non oggi. Non adesso.

Chiudo il portatile lasciando il file aperto, lì dentro. Che ci rimanga. Vado a dormire.

42

<hr>

LA POLITICA DEGLI ASINI

<hr>

Sul quattordici, al mattino, si procede lenti. Sono le sette, la gente ha sonno. Molti vanno al lavoro. Ci sono signore ben vestite, ragazzi con gli auricolari nelle orecchie, qualcuno che legge libri dei quali non riesco a vedere i titoli. Per una volta trovo un posto.

Sale un signore. Si appende per non cadere, quando ripartiamo. Lo guardo solo un attimo: non ha niente di speciale.

Inizia a parlare piano, come se borbottasse. Accanto a lui c'è un uomo distinto.

«Sono dei ladri» riesco a sentire.

L'uomo annuisce. L'altro si dondola per mantenere l'equilibrio.

«Ladri» ripete. E dondola.

Io non ho fretta: sto andando in via Torino per fare una passeggiata, perché non avevo più sonno. Non mi capita spesso di uscire a quest'ora. Lo fisso.

«Sono ladri» dice ancora. L'altro inizia a preoccuparsi, ma non fiata. «Lo sa, lei? Rubano i soldi. Noi li votiamo, e loro ci rubano i soldi.»

Questo accende l'empatia di tutti: concordano, in una sequela di movimenti del capo e risatine.

«Ladri!» dice, più forte. «Chi li vota è un asino.»

Si guarda intorno soddisfatto e dondola.

«Voi credete ancora alle loro promesse? Sono solo malfattori. Malavitosi. Ladri.»

L'uomo distinto si sposta un po', ma il signore che dondola alza la voce, inizia a sfogarsi davvero. Tutti fanno un passo indietro, insieme come in un balletto. La coreografia della paura.

«Ladri!»

Mi agito sul sedile, temo che il tizio venga verso di me. Non lo fisso più: fingo di trovare interessante il panorama.

Lui rimane lì per cinque o sei fermate, urlando e ripetendo che se li voti sei scemo. I passeggeri cercano di schivarlo. Quando scende tiriamo tutti un sospiro, l'aria si fa leggera.

«Però ha ragione» dice un vecchietto a bassa voce, e intorno si crea un mormorio di conferma.

43

LA SINDROME DELL'IMPOSTORE

"Secondo me avrai successo" scrive una cliente. Mi ha mandato un messaggio lungo, in cui spiega perché vuole pagarmi ancora, più di quel che ho chiesto. Ci tiene, che il suo romanzo arrivi a essere decente. Vuole autopubblicarlo per i suoi amici, ma è importante non fare brutte figure.

È un messaggio carino, mi fa piacere, fa sorridere. Lei non sa molto di editoria e non le interessa, vuole solo tenere tra le dita la sua storia. Le basta.

Dice che dovrei aprire una casa editrice, perché sono brava. Non pensa ai fondi da investire, alla carta che costa, alla distribuzione.

Lo dice solo perché ci crede, e io fisso lo schermo dall'altra parte di quell'idea folle.

"Ti ringrazio" rispondo. Non so che altro scrivere.

È ovvio che non fonderò un'azienda dal nulla, ma la sua fiducia mi commuove.

«Sai cos'è la sindrome dell'impostore?» chiedo al ragazzo che cena da me, la sera.

«No, cos'è?»

«È quando una persona non pensa di meritare le lodi, anche se in realtà le merita.» Mi fermo a pensarci: non so se l'ho detto bene.

«Cioè» continuo. «Magari ha delle conferme, però pensa che non sia così. Di non avere capacità. Di star ingannando tutti, no?»

«Sì» dice lui.

«Però, se uno è convinto di avere questa sindrome… allora è convinto di averle, le capacità. Se no non penserebbe di avere la sindrome.»

Lui mi guarda, confuso.

«Boh, lascia stare» dico.

Beviamo birra in lattina, mentre fuori le luci dei balconi soffocano nella penombra.

44

CHI HA FAME

«L'hai vista, quella?» dice la cassiera.

Finisco di mettere le mie cose sul nastro della cassa: caffè in polvere, pane, biscotti e birre. La tipica spesa da single disperata. Volevo fare in fretta perché non si notasse, ma la cassiera attira l'attenzione del signore della sicurezza che sta di fronte alle porte scorrevoli, lì accanto.

«Ehi» gli fa, perché lui non si è nemmeno girato.

«Eh.»

«L'hai vista?»

È appena uscita una donna, per il resto il supermercato è deserto. Poso il cestino di plastica incastrandolo sugli altri.

«Chi?» chiede lui.

«La signora. Viene ogni giorno e non compra mai niente.» La cassiera ammicca. «Ha sempre quella borsa tutta gonfia.»

«Uh» fa lui. Non ha capito. C'è caldo, sull'ingresso batte il sole. Si asciuga la fronte con il suo braccio peloso ed enorme. Ha la faccia simpatica, però. Deve essere uno di quegli uomini che fanno paura a guardarli, ma che in fondo sono buoni.

«Secondo me ruba» dice la cassiera. Poi inizia a far passare le mie cose. Io rimango zitta, accettando la mia invisibilità.

«Ma dai» dice il signore.

«Sì, ti dico. Non compra mai. Quando esce corre. Secondo me ruba.»

«E perché non lo hai detto prima?»

«Eh, ma se non suona…»

In effetti la donna è uscita senza far scattare l'allarme. La cassiera alza le spalle, il signore scruta fuori per vedere se riesce a beccare la ladra ma non trova nulla.

«La prossima volta dimmelo prima» dice lui.

«Pure se non suona? La puoi fermare lo stesso?»

«Ci penso io» dice lui. Io li guardo seguendo il discorso, prima uno e poi l'altro.

«Vuole una busta?» mi chiede la cassiera.

«Sì, grazie.»

Metto dentro le mie cose. Vorrei sapere come va a finire, ma sarebbe strano rimanere lì e non posso metterci troppo.

«E poi la fermi?» chiede la cassiera.

«Certo» dice lui.

Io penso a quella donna: era così piccola, più bassa di me e curva. Magrissima. Sporca.

«Magari ha fame» mi azzardo a dire. Tutti e due mi fissano. «Cioè, magari è povera.»

La cassiera sospira. «Siamo tutti poveri, ma non per questo ci mettiamo a rubare.»

Annuisco, vado via e il sole mi investe.

Cammino verso casa, cerco con gli occhi la donna che ha fame, ma non la trovo. Vorrei avvertirla. Immagino la scena: cosa dovrei dirle? Poi vado verso il mio portone, perché in fondo non sono affari miei.

45

IL MASSIMO A CUI SI PUÒ ARRIVARE

«Mi trasferiscono da un'altra parte» dice il ragazzo che cena da me.

Bevo un sorso di birra. «Dove?»

«Poco fuori Milano, ma ci arrivo facilmente. Però mi fanno un contratto di sei mesi.»

Stasera pago io. Il sushi sembra più buono, perché me lo sono guadagnato. È uscito dalla mia testa. Assaporo il salmone crudo come fosse il cibo migliore del mondo.

«E sei contento?»

«Certo.» Lui è sempre contento.

«Ti ammiro» gli dico. Mi scruta. «Ti va bene tutto. Sai accontentarti, insomma.»

«Che altro posso fare?»

«Non lo so, però sei comunque messo meglio di me.»

Guarda il soffitto e beve anche lui. Non si ubriaca mai: io sono spesso brilla alla fine della serata, lui no. Mi piace lasciargli il controllo. Mi fido.

«Quindi non verrai più ogni sera» dico nel silenzio.

«Non so. Tornerò più tardi.»

Penso alla sua vita: che senso ha? Tutto il giorno al lavoro. Dopo è distrutto, e lo sarà per sempre nel migliore dei casi. Che diamine di senso ha?

«E sei felice» dico, come se fosse una domanda.

«Già.»

Beviamo. In sottofondo c'è il rumore della mia lavatrice che fa la centrifuga.

Mi sento stanca.

46

IL CORAGGIO

Sono seduta al tavolo, con il portatile davanti. Batto sulla tastiera. Mi giro: ho sentito un ronzio. Fuori fa caldo.

L'estate torna sempre, anche qui dove pensavo di rifugiarmi.

C'è un insetto. Non so cosa sia: è una piccola palletta nera che fluttua, sbatte sul vetro tentando di tornare libera. Mi alzo. Non voglio che mi tocchi.

Rimaniamo così, io ferma in piedi con una mano poggiata sulla sedia e lui a svolazzare sbatacchiando. Io enorme, umana e impaurita, lui piccolo e pesante. Ci prova ancora: sembra faccia fatica a esistere, con quelle ali così sottili che sbattono e sbattono. Lo osservo, mi risiedo.

Dovrei far qualcosa per farlo andare via, ma fa troppo schifo. Che posso farci? Ne ho paura, non voglio avvicinarmi, vorrei correre a chiudermi in bagno. Prima o poi uscirà da solo, spero. Non è molto sveglio, non capisce cosa sia un vetro. Tenta di attraversarlo, sbatte, cade con un suono che mi ripugna e pare si arrabbi, emette rumori scattosi, a me viene la pelle d'oca.

Mi chiedo come potrei ucciderlo. Ma non voglio: è troppo grande, non ho intenzione di pulire, dopo. E temo punga. Sarà un'ape? Non sembra, è più grosso di un'ape. Non so cosa sia. Sembra cattivo.

Mi alzo di nuovo, faccio un passo. Lui pare se ne accorga, ronza spaventato e cade lungo la finestra. Finisce sul pavimento, torna a provare. Faccio un altro passo.

Allungo il braccio e tiro l'anta, in fretta. Spalanco la finestra per dargli una possibilità. Lui vola in giro, grato, ma sbaglia e finisce dalla parte interna. Spingo l'anta per chiudere, lui scavalca e finalmente trova la strada.

Vola fuori. Lo osservo guadagnare la libertà.

In fondo non era così difficile, penso.

47

I LAUREATI IN ASCENSORE

Il vecchietto mi fissa.

Io cerco di non guardarlo; poso gli occhi sui pulsanti, studio l'illuminazione dei numerini per ogni piano. L'ascensore sale, lento.

Lui mi fissa ancora.

«Sei laureata?» chiede a un tratto.

«Sì» rispondo.

Ci guardiamo.

«Vivo in questo palazzo da quarantadue anni» dice. Si ferma a riflettere. Io annuisco, cercando di rimanere seria. È come se fosse spezzato in due: la schiena forma un angolo retto. Non riesco a indovinare quanti anni abbia, ma è vecchio. La pelle sembra il guscio di una tartaruga.

«Prima, qui ci viveva gente per bene» dice. «Dottori, avvocati, notai. Adesso sono tutti neri.»

Mi blocco. Non dovrebbe dirlo, penso. Però lui non lo sa. È vecchio. Mi impegno a nascondere il mio disappunto.

«Tutti neri, ormai» ripete, e scuote la testa, profonda-
mente deluso. Per fortuna io sono laureata e bianca.

L'ascensore arriva al mio piano.

«Arrivederci» azzardo, ed esco. Lui non dice niente, e
mentre la porta si chiude alle mie spalle sospira.

48

SIMILI

«Ma esci, ogni tanto?» chiede mia madre al telefono.

In effetti sono un orso. Vivo in pigiama, davanti al ventilatore, a piedi nudi. Scivolo in strada per fare la spesa e comprare sigarette, torno a casa di corsa fuggendo dal sole. In estate mi sento così.

«Fa caldo» rispondo.

«Devi uscire, ti fa bene.»

Non ho mai capito per quale motivo dovrei. Fuori mi scotto, sudo, mi stanco. Qui dentro sono al sicuro.

«Devo lavorare» dico.

«Non puoi stare sempre in casa.»

Mia madre va in ufficio al mattino, poi rimane davanti al televisore perché non sa che fare. A volte legge dei libri e mi racconta le trame. Guarda sempre trasmissioni sui fatti di cronaca, ne conosce ogni dettaglio.

«Neanche tu esci molto» le rispondo per ripicca.

«Io sono vecchia. Tu no.»

Che brutta condanna, la giovinezza. «Insomma» dico, e non so se intendo che lei non sia molto vecchia o cosa. «Comunque esco, quando capita.»

«Anche io» fa lei, fiera.

Siamo simili. Me ne rendo conto, in fondo. Dall'altra parte d'Italia c'è un pezzo di me, su una sedia a sdraio di fronte a uno schermo.

«Sai che a quello di cui parlavano ieri in tv hanno dato l'ergastolo?» mi chiede.

«Davvero?»

La ascolto mentre spiega com'è andata, con l'aria fresca del ventilatore sulla faccia.

49

UNA NOTTE

Questa notte non sono sola, lui è con me. Ho gli occhi aperti nel buio, fa troppo caldo per dormire. C'è il suono del ventilatore, un sibilare agonizzante. Sono cosciente di ogni rumore: il frigo che a intervalli regolari lancia come un tonfo, perché non funziona proprio bene; qualcuno che fa un colpo di tosse, da qualche parte; le macchine che passano in strada. Mi stringo al corpo che sta accanto al mio: dorme.

Domani le cose cambieranno. Non lavorerà davvero così lontano: basta prendere un paio di mezzi, ma sarà diverso. Me lo ha raccontato con un entusiasmo che non condivido. È la sua vita, io non c'entro. Ha detto che ci vedremo spesso.

Nel sonno, fa piccoli movimenti involontari. A volte contrae un muscolo, lo sento perché gli sono addosso. Fa caldo, ma non lo lascio. Stanotte, almeno, voglio sentirlo.

Approfitto della sua incoscienza e lo studio, la sua forma

è familiare. Mi sono sempre chiesta cosa accada ai ragazzi, a un certo punto della vita, quando si trasformano in uomini. Diventano forti, il loro corpo cambia. Vorrei che succedesse anche a me.

Lo sfioro, lui mormora piano. So che non ci vedremo più ogni sera. So che dovrò abituarmi.

Chiudo gli occhi e lascio che il sonno mi stordisca. Domani riuscirò ad accettare che si allontani, senza discorsi, senza troppe parole.

50

LA PROTAGONISTA

«Lo so che sei tu» dice una conoscente. Poi continua a bere il caffè. Parla del mio romanzo: lo ha letto.

«Eh?»

«Sì, la protagonista. Sei tu, no?»

Aggrotto la fronte. «Veramente no.»

«Dai.» Mi lancia uno sguardo furbo. È davvero convinta di aver scoperto il mio segreto.

«No, non sono io. È un personaggio» dico.

«Ma secondo me sei tu. Si capisce.»

Ci penso, alzo le spalle.

«Non l'ho scritto pensando di essere io.»

Lei fa una smorfia. Non mi crede. Rimango in dubbio, non so se insistere o no. In fondo, che importa?

«Ma ti è piaciuto?» le chiedo.

«Certo, sì. Sei interessante.»

Non sono sicura che sia una bella cosa.

Finisco il caffè, perplessa.

51

I NOMI DELLE DONNE

Il mondo brucia. Sono al tavolino di un bar, a bere un tè freddo alla pesca. L'aria è immobile, mi circonda, preme su di me. Boccheggio.

Al tavolo accanto ci sono due persone: uno avrà trentacinque anni, l'altro ha i capelli bianchi e la pancetta da alcolizzato.

«Si chiama Silvana» sta dicendo il più giovane. «Silvana, capito? Con quel nome, insomma, doveva essere figa per forza.»

Bevo un sorso. Tocco la condensa sulla bottiglietta, lasciando scie bagnate.

«È quella che viene tutti i venerdì. E poi c'è Giulia. Ah, Giulia…»

Non posso fare a meno di ascoltare. Li guardo con la coda dell'occhio, e il vecchio sorride come se pensasse di doverlo fare.

«Federica invece è timida. Ho provato a farla sciogliere

un po', ma lei niente.»

Inizio a seguire con più interesse. Lui non è un adone: è stempiato, ha una faccia da cane. Le sue mani sono goffe e si muovono troppo mentre parla. Mi domando come mai abbia tutte quelle donne: forse, mi dico, sarà ricco.

Bevo un altro sorso.

«Giulia adora andare in macchina. Ride, proprio. Io parto e lei ride. È un po' scema, ma ha la quarta.»

Si scambiano occhiatine furbe. Il vecchio tenta di adeguarsi, anche se il suo imbarazzo è evidente. Ridacchia, imita l'altro, gli si legge in faccia che non sa com'è finito lì e che vorrebbe solo andare a casa. Non parla.

Quello giovane continua. Vomita nomi femminili e caratteristiche sempre più banali. C'è Luisa, e Grazia, e Cinzia. Una ha i capelli rossi, l'altra delle belle gambe, l'altra ancora sa cantare.

«E tu?» chiede al vecchio, alla fine.

Rimaniamo tutti sospesi un secondo. Io lì a spiare, loro a guardarsi.

«Io ero sposato» dice il vecchio. «Mia moglie...» Si ferma a pensarci. Fa un piccolo sorriso, che riesco a cogliere prima di abbassare lo sguardo per non essere notata. «Mia moglie è morta» conclude. «Era bella.»

Quello giovane rimane zitto. Non lo sto guardando, ma indovino che un po' gli dispiace. Almeno spero. Non dicono più niente, quindi mi alzo e vado dentro a pagare.

52

L'ASSENZA

Non ci avevo fatto caso: quando siamo insieme, mangiamo sempre. Ci penso masticando un hosomaki al salmone.

«Secondo te ho uno strano rapporto col cibo?» gli chiedo. Il ragazzo che cenava da me, e che stasera lo fa di nuovo, mi osserva e non risponde. «Allora?»

«Non mi sembra» risponde.

Lo sapevo: non mi conosce. Mastico con convinzione e annuisco. Dovevo sospettarlo, non sa niente di me. Tutto questo tempo passato insieme è inutile, non ci sarà mai davvero empatia tra me e un'altra persona. È assolutamente chiaro che il mio rapporto con il cibo non è normale: fumo, spendo tutti i miei soldi in sushi e continuo a dimagrire.

«Però fumo» dico.

«E quindi?»

«È come un ciuccio, no? Chi fuma, in realtà, vorrebbe mangiare. Ha bisogno di qualcosa. Per tenersi impegnato.»

Lui ha smesso. Forse è per questo che oggi non lo sopporto. Non sopporto chi smette.

«Non credo sia così per tutti» dice.

«Che ne sai? Tu hai smesso.»

La mia è la voce di una ragazza nervosa. Non che io lo sia, però sembra.

«Va tutto bene?» chiede lui. Io sbuffo.

«Sì, sì, va tutto bene. Sto solo dicendo che secondo me ce l'ho, qualche problema col cibo. E tu dovresti saperlo.»

«Ok.»

Mordo alghe. Lo odio, perché non mi capisce. Lo odio perché domani non ci sarà.

«Ti va di guardare un film?» chiede.

Nelle sue parole c'è già l'assenza. Annuisco, debole. Continuo a mangiare.

53

Ricevo una e-mail dalla padrona di casa; dice che bisogna fare la revisione della caldaia. La rileggo, provando a trovare qualcosa, tra le parole, che mi permetta di evitarla.

Il contratto di affitto per questo monolocale non ha senso: non è mai stato registrato ed è a nome di mio padre, che è morto. Non so se potrei farlo notare, ma dopo non saprei dove vivere. Nessuno accetterebbe la mia firma, vista la mancanza di un reddito fisso; devo aspettare, devo prima fare la prima dichiarazione al fisco. Mi accetterebbero forse in una casa condivisa, non per uno spazio soltanto mio. Possiedo troppo poco.

Quanto costerà la revisione? Devo pagarla comunque, anche se non c'è nulla di ufficiale? E sarò mai in grado di spostare davvero la mia residenza qui, se non posso avere un contratto serio? Non ne so niente, non saprei a chi chiedere. Mi sento sola, anche se da adulti è normale affrontare queste seccature. Lo so; ma vorrei poter rispondere che non ho tanti soldi, che non ci riesco, che sto solo provando a trovare un modo e che, maledizione, non può mettercisi anche lei con la sua stupida caldaia.

Ma non posso.

Inizio a pigiare sui tasti. Chiedo se conosce qualcuno che la fa a un prezzo modico. Invio.

Torno alle e-mail degli autori, per guadagnare quei soldi e vederli bruciare.

Controllo la casella della posta elettronica. C'è una nuova mail; la apro. Già le mani tremano: è la risposta che aspettavo. Avevo inviato il mio romanzo a una persona che stimo, una persona severa, quasi crudele. L'avevo fatto sentendomi ridicola, perché mantengo sempre una certa distanza da chi mi sembra in gamba: non voglio rimanere delusa. Ha risposto, però. Leggo.

Ci sono critiche. Fanno male, ma gli occhi ci corrono sopra. Evidenzia imperfezioni che ammetto subito a me stessa, alle quali non avevo pensato. Leggo con più attenzione, qualcosa nel petto inizia a scaldarsi.

Alla fine, dice: "A parte questo, mi è piaciuto. Puoi farcela. Continua."

Rileggo quelle frasi cento, mille volte, emozionata. Lì, seduta su un letto sfatto con il portatile in grembo, in una piccola stanza sporca, tenendomi la bocca con una mano, chino la testa e piango.

54

LA SERA DELLA PIZZA E DELLE SCELTE

«Possiamo ordinare la pizza, stasera? Sai, devo risparmiare per la cauzione.»

Va sempre così: ci sfioriamo appena, poi mi perdo. Li guardo andare avanti, avere successo. Prima eravamo insieme, sullo stesso piano, nella stessa situazione: il mondo fa schifo, dicevamo. Non ha bisogno di noi, non ci vuole, quindi noi gli sputiamo sopra per primi. Puah. Poi firmano contratti, si sposano, hanno figli, e allora tutto diventa rosa. Iniziano a vedere un futuro d'oro, se ne innamorano. Crescono. Io rimango indietro.

La sua faccia, ormai, parla di cose che conosco. Adesso viene a cenare da me una volta a settimana; guardiamo qualcosa su Netflix, a volte scappa un bacio. Faccio il conto in fretta: sembrano passati anni, ma in realtà è solo un mese, da quando ha il contratto.

«Certo» rispondo.

Scorro il menù di Just Eat sul tablet. Cerco una pizzeria che non faccia pagare la consegna.

«Quindi ci hai pensato?» chiede.

«Sì, però non lo so. Non credo di avere i soldi.»

«Ma è un affare. Di solito chiedono almeno due mesi in anticipo. Se ce la lasciamo scappare la prenderà qualcuno subito.»

Mi racconta sempre del suo lavoro. Ha fatto amicizia con tutti, lì, perché lui ci riesce. Parla con altra gente. Si è inserito. La parola fa male.

«E se poi non ti rinnovano il contratto?» domando.

«Ma sì che lo rinnovano. Ne hanno bisogno, e ormai ho esperienza. Figurati.»

Ci crede. Io no, però so di essere troppo pessimista. Magari sbaglio. Di certo non posso impegnarmi a pagare un affitto, comunque: ho finito tre lavori, ora è estate e la gente va al mare; non cerca editor. Il mio stage non inizierà prima di settembre.

«Non saprei dove prendere la cauzione» dico. Scelgo una pizzeria nuova, che fa il venti percento di sconto se spendiamo almeno venticinque euro. Prendo una margherita e una birra, gli passo il tablet.

«Te la anticipo io.»

«Ma no, dai.»

«Perché?»

«Non so se potrei restituirtela.»

Spio cosa seleziona: una bismark. Non arriviamo al totale per lo sconto, ma non fa niente. Mi ripassa il tablet e finalizzo l'ordine.

«Non importa» dice. «Anche se non me la restituisci,

non importa. Ci tengo che ci sia anche tu, in casa.»

Ci sarebbero altre due persone che non conosco e che lavorano con lui. Sono tentata, ma devo pensarci. Spenderei molto meno.

«Grazie, sei carino, però vorrei decidere con calma.»

«Devi dare il preavviso, per andar via da qui. A me serve una risposta per impegnare la casa.»

Vorrei chiedergli: e se poi litighiamo? E se non ti piaccio? E se tutto va a rotoli? Ma non lo chiedo.

«Io fumo, però» dico. Sì, è una scusa patetica.

«Basta fumare solo sul balcone.»

«E non cucino.»

«Nemmeno io.»

«E…»

«Se non vuoi ok, però io te l'ho detto. Devo impegnarmi entro la prossima settimana.»

«Torno in Sicilia tra poco» dico, tutta felice di avere un motivo valido per non decidere.

«Come vuoi.»

Raccogliamo i soldi in monetine. Ne facciamo una pila, poi la metto sul mobile davanti alla porta, pronta per il fattorino. Non diamo mai mance, perché siamo dei poveracci e ci sentiamo in dovere di essere acidi con il mondo per questo. Torno a sedermi sul letto.

«Camera singola?» gli chiedo.

Lui si illumina.

55

UN CONSIGLIO

«Senta, signorina» dice una voce. Intorno ci sono scaffali pieni di bagnoschiuma. «Senta.»

Mi giro. C'è una signora imponente con la gonna al ginocchio e una camicia piena di fiori. Le braccia hanno la pelle attaccata a stento, la carne ondeggia.

«Senta» ripete, e si avvicina.

Mi arrendo. «Sì.»

«Ha mai usato questo dentifricio?» Mi porge una scatola. La afferro d'istinto, la guardo. Conosco la marca.

«L'ha usato?» insiste. «Lo conosce? È buono?»

Guardo lei, poi il dentifricio. Poi lei. Mi chiedo se stia cercando di vendermelo, ma ha il carrello pieno. Non capisco.

«Lo conosco. Sì, dovrebbe essere buono.»

«Ma lo usa? Lei lo usa?»

«No, io ne uso un altro. Ma questo è famoso.»

Il donnone annuisce, riprende la scatola e la soppesa con

cautela. Faccio per andarmene.

«Ma è buono? Insomma, lei ne usa un altro. Questo non le piace.»

«Sono equivalenti» dico. «Lo provi. O ne provi un altro. È lo stesso.»

Mi avvicino allo scaffale. Ci sono dentifrici in offerta. Ne pesco uno a caso.

«Guardi» dico. «Questo costa meno, per esempio. È uguale. Scelga lei.»

«Ma è buono?» chiede. Non posso vincere.

«È buono» rispondo. Sembra convinta. La lascio lì che si rigira il dentifricio fra le mani, sempre più nervosa.

56

QUEL CHE CONTA

«Sai, mi sono un po' spaventata» dice Giorgia.

Non la conosco, ma è venuta a visitare il monolocale, perché sto per andarmene e la padrona di casa mi ha chiesto di lasciar entrare i possibili futuri inquilini. Ho fatto del mio meglio per pulire tutto, ho impiegato una giornata intera per provarci. Mi guardo intorno e ogni cosa sembra nuova; sono contenta del risultato. Sembra quasi l'abitazione di una persona vera.

«Spaventata? E perché?»

Lei possiede enormi occhi verdi, ben truccati. Ha un viso piccolo, dolce, e labbra perfette. Indossa vestiti costosi, roba che non avevo mai visto dal vivo. Mi sembra di avere davanti una copertina di *Cosmopolitan*. Però è tenera, a suo modo: si aggira in casa mia e tenta di osservare le mie cose con rispetto, anche se il disgusto le si legge in faccia.

«Venendo qui, intendo. Mi fissavano tutti…»

Non è difficile capire perché. Una ragazza del genere

che cammina, sui suoi tacchetti, lungo via Giambellino, si nota subito. Non capisco per quale motivo sia venuta; è ovvio che non potrà vivere qui, non è il suo posto. Vorrei spiegarlo per bene, ma non credo che sarebbe cortese.

«Cioè, è una zona un po'… di periferia, ecco» mormora, con il sorriso falso dei milanesi.

Mi rendo conto di conoscerli, ormai. Sono rari: a Milano siamo tutti siciliani, o calabresi, o egiziani. I milanesi sono pochi. Un siciliano adesso mi direbbe qualcosa tipo "cos'è questa schifezza che chiami casa?". Lei invece è milanese, quindi deve sorridere e fingere, stando attenta a non spiegazzare il completino da ufficio.

«Sì, è vero» le dico. Non cerco nemmeno di convincerla, non voglio che viva dove vivevo io.

«Lo sapevo già, ma non pensavo fosse proprio così. E quindi…» fa lei, e continua a far finta di star studiando l'arredamento. Posa lo sguardo sul frigo, che ha sopra due vecchi adesivi dei Simpson. Li ho trovati lì e non li ho staccati, perché non ne avevo motivo. «Quindi non fa per me» conclude.

«Va bene.»

Giorgia fa spallucce, in pieno imbarazzo perché non sa decidere come salutarmi e scappare. Lascia ricadere le braccia sui fianchi e sorride, sorride, sorride. Vorrei urlarle che non deve sentirsi in dovere di piacermi, di sembrare così leggera e profumata. Ma non posso, e allora sorrido anche io e le indico la porta. Lei trotterella in ascensore, sollevata di poter tornare nel suo mondo.

57

PARTENZE DIVERSE

Pare che tutto sia pronto: ho la casa piena di scatoloni. Sto per partire verso Siracusa, ma al mio ritorno avrò un'altra casa. Mi sento nostalgica, nonostante il mio monolocale non fosse un granché. Mi soffermo a fissare l'unica stanza pensando a quanto sia bella. Non lo è davvero, ma per me un po' sì.

Trascino la valigia sul pianerottolo, controllo per la quarta volta di non aver lasciato luci accese o rubinetti aperti, carico lo zaino sulle spalle ed esco. Mentre chiudo a chiave noto che l'appartamento accanto, quello della vecchina dal badante gentile, è aperto. Non avevo mai visto come fosse dentro: sembra più grande del mio, sarà almeno un bilocale. Senza nemmeno pensarci, spio.

Si scorge appena una specie di barella. Finisco di far girare la chiave e faccio un passo per vedere meglio: sì, è una barella, e c'è qualcuno sopra coperto da un lenzuolo. Intorno passano dei ragazzi vestiti di bianco, forse medici o operatori dell'ambulanza, qualcosa di simile. In piedi, su un lato, c'è un uomo.

Escono, spingendo la barella. Dovranno portarla per le scale, perché l'ascensore è troppo piccolo. Parlano tra loro, si mettono d'accordo, io mi sposto per fare spazio. Dopo, in coda, esce anche l'uomo, con gli occhi rossi. Alla fine, sono riuscita a vederlo: sono sicura che sia il badante gentile. Osservo la scena, aspettando che se ne vadano.

Lui aspetta a pochi passi da me, immobile, fissando il cadavere coperto. Chissà se è triste davvero; io credo lo sia. Incrociamo lo sguardo, entrambi lo abbassiamo imbarazzati. Lui inizia a scendere le scale, dietro il gruppo di ragazzi che procedono piano.

Aspetto ancora. Quando non li sento più, chiamo l'ascensore con un nodo in gola.

58

LATTE E BISCOTTI

«Non hai più fianchi» dice mia madre appena mi vede, come se fosse un rimprovero.

«Anche a me fa piacere essere qui» rispondo, ma non coglie. La casa ha l'odore delle cose vecchie: piacevole, ma inquietante.

La mia camera è quella che era. Passo le mani sul lenzuolo, sul legno dei mobili, sulla polvere che si è accumulata ovunque. Lascio tracce. Chissà se mia madre, nel silenzio, ci è mai entrata a guardarsi intorno.

Nel pomeriggio sfoglio vecchi album di fotografie. Ci sono io con una tazza di latte e il pacco di biscotti accanto. Ho nove anni, sono grassa.

«Perché mi lasciavate mangiare così?» chiedo.

Mia madre alza le spalle. Continua a guardare la televisione, anche se sono lì con lei. Ormai i suoi occhi hanno scavato un solco su quello schermo. Lo vedo nei suoi gesti: è abituata a star da sola. Inutile prendersela, è anche colpa mia.

«Ero una bambina» continuo, «però ero proprio grassa.»

È vero. Ricordo come andava: nel pomeriggio, dopo la scuola, prendere latte e biscotti era il mio rituale. Intingevo le dita, aspettavo che il biscotto si facesse molle e poi ingurgitavo tutto. Iniziavo e stavo lì fino a quando il pacco non era vuoto. Ne mangiavo un pacco intero al giorno. Dopo avevo sempre mal di pancia, ma non era grave. Lo consideravo la naturale conseguenza del cibo.

«Ti piaceva» dice mia madre.

Guardo la mia faccia nella foto. Non so se mi piacesse davvero. Quando papà aveva deciso di porre un freno alla cosa, io mi ero sentita contenta. Quel limite mi conteneva.

«Ma non fa bene» dico, «mangiare un pacco intero.»

«Ti piaceva» ripete.

Continuo a sfogliare l'album, con quell'accusa che mi parla. Guardo quella bambina vestita male, goffa, e mi fa pena.

59

LA PARETE DI LIBRI

Adesso possiedo il venticinque percento di questa casa: era a metà di mia madre, che ha ereditato un'altra metà dalla metà di mio padre. Insomma, è complicato, ma sono riuscita a capirlo: una parte è mia. Pensarci è strano.

Più che altro, ci sono libri. La libreria occupa un'intera parete: si tratta di saggi su letteratura, pedagogia, arte, storia. Volumi dei primi del Novecento. Niente che valga parecchio, ma mio padre li amava come figli. Adesso sono miei. Ho pensato più volte di venderli, ma lo farò solo se ne avrò davvero bisogno.

Apro gli scaffali che ho già esplorato mesi fa per trovare documenti utili. Era la vita di un'altra persona, ora dipende da me. Questo passaggio, l'eredità materiale degli oggetti, fa paura. Non ho il diritto di frugare lì dentro, ma a mia madre serve spazio per riporre le coperte; da sola non riesce a spostare tutto e l'inverno tornerà. Ha bisogno che siano raggiungibili. Ha bisogno di me.

Creo pile di fogli. C'è una cartella che riguarda una vecchia automobile, ormai rottamata. Bollette degli anni '80, vecchi estratti conto. Provo a capire cosa potrebbe servire e cosa no, butto quasi tutto, faccio ogni documento in piccoli pezzi. Il suono dello strappo diventa un ritornello.

Alla fine mi siedo sul divano e mia madre si lascia cadere sul posto accanto. È stanca, anche se ho fatto tutto da sola e lei si è limitata a tenere la scala.

«Ti manca, papà?» chiede.

Ci penso. In realtà no, e non perché non mi importi di lui: ho avuto troppo da fare e vivevo da sola già da prima di Milano, per l'università. Ero abituata a non vederlo per un po'. La sensazione che ho avuto addosso, per tutto il tempo, è stata la solita: prima o poi sarei tornata a casa e lo avrei trovato lì. Gli avrei fatto il solletico passando, facendolo sobbalzare. Adoravo farlo, lui brontolava.

Ora è morto.

In effetti non ci avevo pensato davvero.

«Sì, però è strano» dico a mia madre. «Mi sembra che lo rivedrò. È come se… sai, come se mi aspettassi di rivederlo da un momento all'altro.»

Lei annuisce. «Funziona così, quando muore qualcuno» dice.

Ne sa più di me: i suoi genitori sono morti, i suoi fratelli sono morti. Molti dei suoi conoscenti sono morti. Mi sento una ragazzina. È piacevole.

«Però io ero abituata ad averlo qui» continua lei. «Eravamo sempre insieme.»

Penso che è stata da sola, in una casa vuota, per tutto questo tempo. Penso a come devono essere le sue giornate.

La abbraccio, senza dire idiozie. Non c'è nulla da dire. Lei mi stringe; merita che io stia qui, ora. Merita che io sorrida e che le dia piccole pacche sulla schiena. Forse è il primo momento in cui entrambe viviamo il nostro lutto: sono passati nove mesi, come per una nascita. Mi sembra appropriato.

«Allora, cosa ti preparo per cena?» chiedo quando le sue spalle sono di nuovo ferme.

«Pasta al pesto» risponde, tirando su col naso. Ci guardiamo, tutte e due con la faccia un po' bagnata, e ridiamo.

Davanti a noi c'è la parete di libri, che osserva come un guardiano immobile.

60

L'ORGOGLIO DEL SUD

«E quindi, come ti trovi a Milano?» chiede una vecchia amica siracusana.

A dire il vero, le differenze ci sono. Le vedo nel suo accento, nell'accento di tutti, ma anche nei suoi vestiti, nel trucco che ha sulla faccia, nell'abbronzatura sulla sua pelle. Tutto è diverso, la realtà della Sicilia è rilassante. Non saprei in che altro modo definirla: non ti chiede niente. Milano è spietata, invece. Vorrei spiegarlo a chi domanda, ma non ne ho voglia.

«Mi trovo bene, direi.»

«Com'è la gente? Sono freddi, i milanesi?»

«No, anzi. Sono simpatici.»

Sembra scettica. «Ormai sei una di loro, sei passata dalla parte del nemico.»

«Ma no.»

Dicono sempre così, come se fossimo in guerra. Non so perché: nessuno mi ha detto niente di sgradevole sui siciliani.

«Secondo me sei solo stata molto fortunata» dice lei.

«Può essere.»

Mangiamo granita. Quella mi mancava, in effetti. A Milano c'è solo del ghiaccio con sopra dello sciroppo, e lo chiamano granita.

«Chiamano brioche i cornetti» dico, come presa da un'illuminazione. È il dettaglio che mi ha colpito di più, all'inizio. «E chiamano piazza qualsiasi cosa. Anche una rotonda in mezzo alla strada è una piazza.»

Lei è contenta. «Ah sì? Che roba.»

Non ho altro da offrirle. Guardiamo il cielo.

«E piove anche in estate?» chiede.

«A volte sì. Però fa comunque caldo.»

Mi sento un po' ridicola: sembra che io stia parlando di un altro pianeta.

«Ci sono tanti negozi?»

Sorrido. Siracusa è una città piccola, non c'è molto da fare. Chissà cosa deve sembrarle, Milano. Non ammetto che passo i miei giorni chiusa in casa.

«Sì, tantissimi. C'è praticamente qualsiasi cosa.»

«Ma non ti senti sola?»

Alzo le spalle. «Me la cavo. Sto bene, lì.»

«E qui no?»

Ecco la domanda che alla fine fanno sempre. Non so come spiegarmi, non voglio offenderli. Ammiro, al contrario, l'amore che i siciliani dimostrano nei confronti della loro terra. Quasi li invidio. Ma loro mi guardano e decidono che li ho traditi.

«Non nello stesso modo» ammetto.

Lei fa una smorfia e continua a mangiare. Non prova

neanche a capire: ha deciso. È questo che non posso perdonare.

Il sole ci picchia, il contenuto dei bicchieri diventa liquido. Tra noi c'è una distanza incolmabile; a riempirla non proviamo nemmeno.

61

«Dalla tua finestra si vede il cielo» dice il ragazzo che cenava da me, al telefono. Può sembrare scontato, ma a Milano non lo è sempre. Prima, di fronte avevo un palazzo altissimo e il cielo si vedeva appena.

«Lo so» gli rispondo.

Giocherello con una penna, seduta alla scrivania della mia infanzia. È pomeriggio, mia madre sta riposando a letto. C'è silenzio. Sono tutti in vacanza, altrove, lontano. Mi sembra di essere sola in una città fantasma.

Guardare da quella finestra è stata la prima cosa che ho fatto nella mia stanza nuova, quando sono andata a vederla. Adesso mi attende: tornerò tra dieci giorni, giusto il tempo di farmi vedere da chi conosco per ricordar loro che sono viva. Poi inizierà qualcosa di diverso, anche se non so ancora cosa. Va sempre a finire così.

«E la cauzione di prima te l'hanno ridata?» chiede lui.

«Sì. Tutto sistemato.»

«Bene. Sono contento. Sarà interessante.»

Respiro. Il ventilatore mi soffia in faccia; lascio che quell'aria pulita scorra fino ai miei polmoni. Si potrebbe dire che sono rassegnata. Non so come andrà, ma lo accetto.

«Non ti stancherai di avermi intorno?» chiede il ragazzo. Non so cosa dirgli. Non ne sono sicura. Non so niente.

«Vedremo» rispondo. Lui ride, come fa sempre quando dico cose bizzarre. La sua risata mi piace.

62

FORSE, UN SEGRETO

Sono alla Marina di Ortigia con mia madre: abbiamo deciso di fare una passeggiata insieme. Camminiamo lentamente, perché lei non riesce a essere più veloce di così. Mi sforzo di non accelerare, a volte lo faccio per sbaglio e devo aspettarla.

Quando ero una ragazzina, qui era sempre pieno di gente. Era il punto in cui gli adolescenti venivano a sedersi, in gruppi, con i motorini fermi sui cavalletti a fianco. Era dove chiunque andava se aveva saltato la scuola. Il sabato sera si girava qui, sul mare, avanti e indietro, con le birre in mano. C'erano un sacco di ragazzi, a ogni ora. Adesso non c'è quasi nessuno. Vedo soltanto anziani che procedono a braccetto dei figli adulti. Guardandoli, mi domando cosa sia successo: perché sono rimasti? I genitori hanno sempre vissuto qui, hanno lavorato qui e moriranno qui; ma i figli? Come fanno a vivere? Lo sanno tutti, che non c'è lavoro. Come fanno?

Li spio con la coda dell'occhio, mentre procediamo. Sembrano tranquilli. Gli anziani sorridono guardando il mare, loro tengono lo sguardo fisso e vanno avanti soddisfatti. Come mai non sono tristi? Se sono rimasti, ci sarà qualcosa che non va. Avranno sbagliato tutto, forse avranno dei problemi, per quale motivo non sono scappati?

Rallento e lascio che mia madre mi dia il braccio. Diventiamo come gli altri, in una processione fatta di generazioni che si alleano per continuare a camminare.

Per un attimo mi lascio prendere dall'invidia per quella serenità confusa. Dev'esserci un segreto che non ho colto. Sono curiosa. Potrei lasciar perdere tutto e rimanere; potrei passare i miei giorni a camminare, con il mare accanto e il sole in faccia e mia madre che mi si appoggia addosso.

«Andiamo a casa, ora? Sono un po' stanca» dice lei. Io annuisco.

63

L'ARRIVEDERCI DI OGNI VOLTA

Guardo lo schermo del cellulare. Sul widget del meteo c'è scritto: Siracusa, 34°. E c'è un sole che splende fiero. Non vedo l'ora di vederci scritto: Milano.

Fuori dal finestrino, mia madre agita la mano se mi giro. L'autobus è ancora fermo, il motore è spento e manca qualche minuto alla partenza, ma sono salita a prendere posto e lei attende lì, salutandomi. Non so come riesca a non stancarsi di ripetere il gesto. Lo faccio anch'io, poi torno a guardare il cellulare per farla smettere. La gente intanto si siede, solleva gli zaini e li lancia sul ripiano per i bagagli, in alto. Stiamo per partire.

Metto gli auricolari nelle orecchie e scorro tra le canzoni, cercandone una abbastanza allegra da farmi affrontare il viaggio fino in aeroporto. Provo ad ascoltare qualcosa, poi cambio, cambio ancora. Ecco, questa è perfetta.

Lascio che vada nota dopo nota, e guardo di nuovo mia

madre. Lei saluta.

Arriva l'autista, con la maglietta appiccicata addosso per il caldo. Si siede al posto di guida, accende il motore, si rialza per passare tra noi a controllare i biglietti. La signora davanti a me teme di averlo perso, fruga in borsa, borbotta seccata che lì dentro non si trova mai niente. L'autista suda. Alla fine il biglietto sbuca fuori, tocca a me porgere il mio.

Passato il controllo, mi dedico alla canzone e piego le gambe per quel poco che riesco a fare. Mi agito sul posto, per sbaglio poso lo sguardo su mia madre e sono costretta a salutare di nuovo. Finalmente l'autista finisce il giro e trotta indietro, si siede, fa chiudere le porte.

Guardo mia madre; lei abbassa il braccio e mi fissa con la faccia seria. Forse solo adesso realizza che me ne sto andando davvero. Sembrava divertente star lì a salutare, ora non lo è più e rimane ferma. Io agito la mano, ci provo, ma lei non risponde. Mi guarda e io la guardo, non possiamo più dirci niente. L'autobus parte.

Ci sono quei pochi secondi in cui la vedo ancora, poi rimane indietro. In quel momento che finisce subito, noto quanto sia piccola. Poco prima di sparire del tutto fa per muovere una mano, però poi esce dal mio campo visivo e non so più cosa farà. Decido di chiamarla appena sarò in aeroporto, cambio idea, decido che però sarebbe meglio. Mi appoggio sullo schienale e faccio un respiro profondo.

Si ricomincia, penso, con quel sentimento strano in bocca. Chiudo gli occhi e dopo un po' mi addormento.

64

INTRAPRENDENZA

«Ah, quindi correggi manoscritti» dice la nuova padrona di casa, in piedi al centro di quella che sarà la mia stanza.

«Già» ammetto. Inizio a irritarmi quando mi fanno domande sul lavoro. Non capiscono e non vogliono capire. Aspetto che la conversazione continui nel modo in cui continua sempre.

«Ma stai anche cercando un posto fisso, no?» chiede lei.

«No, sto già lavorando.» Cerco di dirlo in tono gentile, ma non mi riesce bene. Dondolo sui talloni per sdrammatizzare.

È delusa. «E se poi non riesci a cavartela?»

Lei, a quanto ho capito, è la moglie di un notaio e non ha mai lavorato in vita sua. «Ce la farò» dico, lanciandomi in un sorriso rassicurante. «Male che vada, c'è mia madre che lavora.»

«Eh, voi ragazzi.»

Io dovrei iniziare a leggere un romanzo entro oggi, ma la

padrona di casa non se ne va. Dondolo ancora.

«Sai, serve fare esperienza. Nessuno ti assume così, per magia. Bisogna impegnarsi, cercare per tanto tempo.»

«Eh sì» dico.

«Bisogna essere intraprendenti.»

«Certo.»

«Ma hai provato a cercare in un altro campo?»

Rimango un momento in silenzio, poi deglutisco. «Sì, ho provato. A giorni però inizio uno stage.»

Lei aspetta, non so cosa. Forse che all'improvviso l'intraprendenza mi esca dalle orecchie, così potrò dimostrarle che ne ho a palate. Vorrei sbattergliela in faccia. Vorrei schiaffeggiarla, con la mia intraprendenza. Almeno starebbe zitta e mi lascerebbe lavorare in pace.

«Va bene» dice alla fine. Io mi rianimo per accompagnarla alla porta. «Mi raccomando, fammi sapere se trovi qualcosa di stabile.»

«Non mancherò» rispondo. Spero non colga l'ironia.

Quando finalmente se n'è andata, penso alla serie di risposte piccate che avrei potuto darle; tante frasi cattive, acide. Torno nel mio spazio, metto le cuffie e faccio partire la canzone del momento. Accendo il portatile. Inizio a impegnarmi, in silenzio, mentre il mondo continua a non saperlo. Un giorno, mi dico, vedranno. Un giorno vincerò io.

65

GLI ALTRI

Succedono tante cose, in fretta, come se ogni parte del mio cervello fosse impegnata a ricordare il suo compito, come se fossi divisa in tanti piccoli pezzi.

Nella mia camera c'è una scrivania in legno scuro; dev'essere molto vecchia, porta i segni che qualcun altro ha lasciato. Graffi, linee sulla superficie. Ogni mattina ci appoggio sopra il portatile e inizio a battere sui tasti, lavorando su storie uscite da altre menti. Tengo la porta chiusa, ma c'è sempre qualcuno che arriva e mi parla. Reagisco con un misto di timidezza e rancore. Devo lavorare, dico sempre. Voglio un caffè, un tè, mi va di ordinare una pizza? Mi volto appena, sorrido e dico: devo lavorare.

In casa siamo quattro. Ci sono quattro stanze, una per ciascuno, poi cucina, bagno e ingresso, il tutto collegato da un corridoio lungo e stretto che percorriamo a turno perché in due non ci si passa.

Alle sei, ogni giorno, cerco di non fare rumore e vado a

rubare un caffè per portarlo in camera e berlo da sola.

Mi accorgo di essermi disabituata alle persone: ci sono tanti problemi, nell'averle intorno. Il bagno è sempre occupato e quando riesco a entrarci c'è sempre qualcuno che bussa. Le urgenze sono eccessive: bisogna uscire subito, scappa, ma com'è possibile che si passi ore in bagno, che stai facendo lì dentro? La cucina viene presa d'assalto in continuazione: abbiamo orari diversi, il tavolo è troppo piccolo, non c'è spazio. In frigo, mettono le etichette pure sul guscio delle uova. Sono stata costretta a comprarle anche io, le appiccico su bottiglie di succhi senza zucchero con gesti pazienti, ci scrivo sopra il mio nome. Ogni tanto mi sembra che manchi qualcosa, ma non ne parlo.

Ci sono i pigiami, le calze bucate, dettagli che non vedresti mai e non vorresti vedere se quella gente non diventasse la tua famiglia per forza. Io tento di nascondermi, però capita: corri in giro dentro un accappatoio, con le gambe depilate male, con i capelli bagnati. Dopo una settimana nessuno ci fa caso. Siamo fratelli e ci urliamo contro, poi dividiamo un gelato prendendo cucchiaiate dalla stessa vaschetta.

In un certo senso, mi piace. Il sabato sera ordiniamo pizze e birre, ridiamo insieme, guardiamo film su Netflix e li commentiamo facendo rumore. Dopo siamo stanchi, con le occhiaie scure e le bocche da lavare. Mi piace tornare in camera e chiudere la porta, sapendo che bastano pochi passi per tornare in quel mondo di cameratismo e parole. Mi sento bene.

Lui funziona meglio, con gli altri. Almeno, meglio di me. Io sono silenziosa, mi nascondo. Sono loro a coinvolgermi, a farmi domande, a spingermi a parlare. Lui è brillante. Lo scopro solo ora, perché prima era mio soltanto. Ride con la bocca aperta, senza aver paura di mostrare i denti. Fa battute. Quando c'è da riordinare, ti sfiora un braccio con il suo tocco gentile e dice: non preoccuparti.

L'ho sognato. Ho sognato che mi sfiorava, dolce, e lo diceva a me.

La mia coinquilina è una ragazza vera, una di quelle che ogni mattina passa un'ora a dipingersi la faccia. Credevo che vederla struccata sarebbe stato un trauma, ma è bella lo stesso. Quando si sveglia pare una bimba, ha il viso morbido e rosso, qualche brufolo, le sopracciglia troppo sottili; dopo diventa una donna. In entrambe le versioni, la ammiro più di quel che dovrei. La spio di nascosto, mentre lascia scivolare in gola i beveroni dietetici che sembrano fango. Le sue labbra sono morbide, sul bordo del bicchiere: beve come se lo accarezzasse.

Siamo due uomini e due donne. L'altro è un ragazzone robusto che va in palestra ed è sciocco e gentile. Non gli parlo quasi mai, non ho nulla da dirgli, però gli piaccio. Me ne sono accorta.

Lei, invece, piace a quello che pensavo potesse essere mio.

Succede: è normale. Ridono insieme, a gambe incrociate sul letto, mentre io e l'altro portiamo via i cartoni delle pizze. Sai che sei divertente, gli dice lei. E lui piega la testa di lato, come faceva con me, anche se io non dicevo mai niente del genere. Se lo merita: merita una così. Io esco dalla stanza in silenzio, sconfitta, con dentro il petto un dolore infinitamente stupido. L'altro mi incrocia in corridoio, facciamo il balletto dell'imbarazzo, poi mi tocca i fianchi e mi sposta di lato contro il muro. Gli piaccio, penso, e scappo in cucina a ficcare i cartoni nella spazzatura. Spingo con troppa foga.

Succede, ed è tutto sbagliato. Non è come volevo.

66

Sono arrivata con tre ore di anticipo. Cammino e mi maledico: ora dovrò aspettare. Mi siedo su una panchina arrugginita, ripasso in mente cosa dovrò dire. Ero contenta di lavorare da freelance proprio per evitare altri colloqui e invece eccomi qua, dentro vestiti troppo rigidi perché non li avevo mai messi, con la faccia sporca di trucco, con il cuore che batte forte, a candidarmi per lavorare comunque da freelance. Potrei ancora andarmene. Riesco a vedere la pulsantiera del citofono dove dovrò cercare il nome giusto, più tardi, e la fisso con aria di sfida. No, rimango. Ce la faccio.

Hanno detto che il mio è un ottimo curriculum. Non era mai successo e mi sono domandata se fosse uno scherzo. Credo sia per i corsi. Si sono presentate più di cinquanta persone, per quel posto da correttore di bozze, però poche sono state selezionate per il colloquio. Non so quante.

Sono perfettamente consapevole che non mi sceglieranno mai, anche se dovessero parlare soltanto con pochi candidati. Certo, non devono assumermi, solo scegliere un collaboratore, ma gli altri saranno più sicuri, più alti, più in forma, più…

Mi blocco. C'è una vecchietta che si sta avvicinando. Ha una busta in mano, i capelli scompigliati. Posa la busta sulla panchina, accanto a me, senza guardarmi nemmeno. Ci rovista dentro, trova quel che voleva, me lo porge.

«Vuoi un centrino?» chiede.

La guardo un attimo in silenzio. «No, grazie» dico poi.

«Li faccio io» insiste. «A mano. Come si faceva una volta.» Allunga il braccio per mettermi il centrino sotto il naso, come se dovessi annusarlo. Ha un odore strano.

«Sto andando a un colloquio di lavoro» dico. La vecchina non capisce. «Non posso portarmi dietro dei centrini.»

Lei si mette a ridere, quindi lo faccio anch'io.

«Li vendo per mangiare» dice. «La pensione non basta.»

«Mi dispiace. Però sono belli, è brava.»

«Non lo so» dice. «Non li compra mai nessuno.»

«Dovrebbe provare a ottenere una bancarella, per venderli. Oppure su internet.»

«Hai dei capelli bellissimi» dice, così, dal nulla. «Si vede che sei una brava persona.»

«Grazie.»

«Vedrai, le cose ti andranno bene.» E mi sorride con dolcezza. Rimette il centrino nella busta, piegandolo con attenzione, come fosse fragile. «Buona giornata» dice, e si allontana alla ricerca di altri possibili acquirenti.

Al colloquio, poi, mi prendono.

67

OGNI GIORNO

Mi sono appropriata delle prime ore del mattino: riesco a svegliarmi alle quattro anche se c'è silenzio. Sollevo la schiena, mi avvolgo in una coperta e vado in cucina a preparare il caffè.

Tutto è diverso, quando si è da soli. Rimango seduta a sorseggiare il liquido caldo dalla tazzina, fumo sul balcone fissando il cielo. Di colpo sono le sei, non so come sia possibile; il tempo passa in fretta. Allora vado in bagno e dopo torno alla mia scrivania e accendo il portatile. Lavoro, con calma, gustando le ore che ho a disposizione per fare quello che la gente fa di giorno.

Quando inizio a sentire i rumori degli altri, sono già vestita e pettinata. Loro si svegliano alle sette, vanno a fare la doccia uno dopo l'altro, escono di casa senza salutare, ancora storditi dal sonno. Per me tutto è già iniziato ore fa. Mi sento speciale.

Alle dieci chiamo mia madre, che risponde subito come

se non aspettasse altro. Parliamo di cosa ha mangiato ieri per cena: un panino con prosciutto crudo. Ma per oggi ha intenzione di preparare la pasta.

«Qui mi chiedono tutti cosa fai» dice. «Ho provato a spiegarlo, ma non lo so.»

«Correggo manoscritti. Non è difficile.»

«Eh. Io l'ho detto. Ho fatto male?»

«No, perché? Non vado a rubare, mamma. È un lavoro come gli altri.»

«Va bene» risponde, come se me lo concedesse. Mi irrigidisco.

Non voglio che se ne parli così. Vorrei che capisse, almeno lei. So che non è colpa sua, che il lavoro per chi ha la sua età è qualcosa di diverso, che si aspettava per me uno stipendio versato sul conto da un'azienda, dallo Stato, da un ente rassicurante e senza faccia. So che voleva vedermi felice ed è colpa mia se non lo sono, se non lo sarò mai.

«Comunque va tutto bene, ho sempre più clienti» le dico, e mi sto giustificando.

«Ottimo» risponde. Cambiamo discorso: a pranzo, oggi, mangerà tavola calda siciliana al bar.

Dopo, quando ho ripreso a battere sui tasti, arriva un messaggio.

"Sono fiera ddite" c'è scritto. Con l'errore, perché non sa come cancellare le lettere sbagliate.

68

COME PARCHEGGIARE

Cammino per via Giambellino con le mani in tasca. Devo fare la spesa. Ho in mente cosa comprare: cibi sani, perché sono a dieta.

Davanti a me c'è una signora di mezza età. È uno dei personaggi che trovi in questa zona: è strana. Indossa una gonna poco sopra il ginocchio, con gambaletti color carne che insaccano polpacci abbondanti. È grossa, pesante. Avanza con sicurezza. Non ha una borsa, non ha nessun accessorio alla moda come quelli delle milanesi che si rispettino. I suoi capelli sono lunghi e crespi, le ricadono sulle spalle in ciocche separate, volano con il vento. Ce l'ho davanti, quindi finisco per spiarla mentre procediamo insieme. Sembra che abbia in testa una nuvola.

A un certo punto si gira e mi guarda. Io fingo di non esserci, sposto lo sguardo altrove. Rallento per non finirle addosso.

«Hai visto?» mi chiede.

Cerco di capire. Indica un'auto parcheggiata a metà sul marciapiede.

«Hai visto?» ripete. «Guarda come si mettono, qua! Incivili!»

Mi lancio in un sorriso timido. «Eh.»

«Incivili» fa, decisa.

Provo a camminare ancora, ma lei non si muove.

«Questa è la mia» dice, indicando una macchina blu lì accanto. «Vedi come parcheggio io? Vedi?»

«Sì.»

«Io parcheggio bene.» Aspetta una mia reazione positiva, credo.

«Già.»

Annuisce contenta, poi prosegue. Non entra in macchina. Chissà se è davvero la sua.

69

MACCHIE

Sto scrivendo un appassionato commento per la valutazione di un manoscritto: la protagonista, una bionda poco sveglia che cerca l'aiuto del commissario di turno seducendolo senza volerlo, è poco credibile. Scrivo e rileggo, cancello tutto, riprovo. Non devo essere di parte. Non devo arrabbiarmi.

«Posso?» dice lui alla porta della mia stanza. Mi fa sobbalzare, perché ero concentrata.

«Certo, entra.»

È dimagrito, l'ho notato subito. È diventato adulto; per qualche motivo che non ho capito bene, associo la magrezza alla maturità. È lungo e sottile, si vedono i contorni del suo petto sotto la maglietta di un gruppo metal che non conosco. Mi piace e me ne vergogno.

«Stasera gli altri non ci sono» dice. «Ti va se... ordiniamo del sushi?»

Sorrido, non posso farne a meno. Stiamo così, lui in piedi e io seduta a fissargli la maglietta, con quell'invito pieno di possibilità che galleggia al centro. Da quando viviamo qui, non ho più mangiato cibo giapponese. Spenderemmo un sacco, ordinandolo per tutti, e dobbiamo risparmiare.

«Va bene» rispondo. Sono troppo felice e si vede. Tento di correggere la mia faccia. Dopo non so se girarmi di nuovo e tornare a lavorare, oppure se si aspetta qualcosa. È colpa sua, però, se a stento ci rivolgiamo la parola. È colpa sua e di quella ragazza. Ecco, pensandoci la felicità va subito via.

Lui si siede sul mio letto, rendendo chiaro che non se ne andrà. «Allora? Ti trovi bene qui? Non sei contenta che ti ho costretta a venirci?»

«Sì, sì. Grazie, è stata una buona idea.»

«Ok» dice. Poi attende. «Ti lascio lavorare» aggiunge, e si alza.

Potrei fermarlo e dire qualcosa. Qualsiasi cosa, tipo "vorrei che rimanessi" o "stringimi, per favore" o "ti prego, dai un senso alla mia vita". Invece dico: ok.

Lui esce, io rimango con gli occhi sull'orario nell'angolo in basso a destra dello schermo. Mancano delle ore. Non riuscirò più a lavorare, ci penserò per tutto il pomeriggio. Improvvisamente ho fame, tanta fame, e non vedo l'ora di mangiare del sushi.

«Cazzo!» esclama. Ha fatto cadere la salsa di soia sulle lenzuola. Ci mettiamo ad asciugare con i tovaglioli, insieme, con troppa foga. Diventa tutto marrone. «Scusa, sono un cretino. Non volevo.»

«Non ti preoccupare.»

Penso che non sarò mai capace di togliere quella macchia enorme. Mi limito a infilare tutto in lavatrice, di solito. Non ho idea di come funzionino queste cose.

«Lo laverò io» dice lui.

«Davvero, tranquillo, non fa niente. Capita.»

«Volevo che fosse carino, invece ti ho rovinato il letto. Che schifo, guarda qua.»

Alzo le sopracciglia. Lui non mi guarda e continua a tamponare con un tovagliolo. Voleva che fosse carino? Mi appendo a quelle parole. Dondolo tra il desiderio di fargli una domanda e l'imbarazzo.

«Te lo lavo io» ripete.

«In effetti non saprei cosa farci.»

«Io lo so fare.»

«Va bene, allora grazie.»

«Ma è meglio che lo togliamo subito, altrimenti finisce nel materasso.»

«Secondo me ci è già finito.»

Tiriamo via le lenzuola e sul materasso c'è una chiazza scura e bagnata. Lui vi si getta sopra, corre a prendere una spugna, si impegna come se qualcuno potesse morire. Fa avanti e indietro dalla cucina per spremere e tamponare. Alla fine la macchia c'è ancora.

«Mi dispiace, ora il letto puzzerà tantissimo di salsa di soia» dice. Io rido. «Non ridere, è un disastro! Ti dovrò comprare un materasso nuovo!»

«Tanto questo faceva schifo, è vecchissimo.»

«Quanto costano i materassi?»

«Non ne ho la più pallida idea. Cento euro? Duecento?»

«Secondo me di più. Dai, ti aiuto a sistemare.»

Mettiamo pezzi di carta assorbente sulla macchia, ricopriamo con lenzuola pulite e ci sediamo stando attenti a non mettere peso su quel punto.

«Volevo che andasse bene, stasera» dice.

«Ma è andata bene, il sushi è buonissimo. Non ci pensare più, è tutto a posto.»

«Sono un cretino.»

«Stai diventando seccante.» Non riesco a non ridere.

«No, sul serio. Volevo… Boh, è che lavoro tutto il giorno e quando torno ci sono sempre gli altri. E tu rimani in camera. Non parliamo mai.»

«È vero.»

«Ed è strano, perché mi ero abituato a parlarti.» Guarda le mattonelle del pavimento, mentre lo dice. «Mi manchi.»

Io fingo che la testa non mi esploda dalla gioia. «Anche tu» dico piano.

«Possiamo parlare più spesso?» chiede.

«Certo.»

Mi prende la mano, la stringe. È un momento strano in cui mi sembra di avere quattordici anni, non so come mettermi, il mio corpo è troppo e straborda da ogni lato. Stavo così comoda, prima. Vorrei poter continuare a star comoda. Poi mi lascia e lo rimpiango. Adesso vorrei che mi stringesse la mano di nuovo.

«Allora, finiamo di mangiare?» domanda. Io annuisco e riprendiamo i vassoi di plastica.

70

DENTI

Sbircio la pila di riviste sul tavolino. Sono tutte vecchie e un po' strappate, non mi interessano nemmeno. Sulle copertine ci sono fotografie di personaggi famosi che non riconosco. Non mi rimane altro che un'attesa silenziosa.

Seduta di fronte a me c'è una signora anziana, grossa, ingrigita e sorridente senza motivo. Mi fissa. Io distolgo lo sguardo.

«È brutto, il dentista, vero?» dice a un certo punto.

«Brutto?»

«Sì, di solito fa male.»

«Ah» esclamo. Ero convinta si riferisse all'aspetto del povero medico, che onestamente non avevo mai valutato in questo senso. «Già, non è piacevole.»

Lei ridacchia. «A me sta cadendo tutto, qua dentro» continua, indicandosi la bocca. «Le radici cedono, non c'è niente da fare.» Inizio a trovarla una persona strana. Io non riderei, se stessi perdendo i denti.

«Eh, capita» rispondo, tanto per dire qualcosa. Continuiamo a sorridere e ad annuirci a vicenda, senza un perché.

«Ora sto aspettando mio marito» dice lei. «È dentro. Già che ci siamo, si fa dare una controllatina anche lui. Sempre utile, no?»

«Certo.»

Sono preoccupata dal silenzio che cala dopo. Sposto gli occhi sui giornali, sul soffitto, sulla finestra, poi sulla signora che immediatamente mi sorride. Guardo altrove.

«E tu cosa devi fare?» domanda.

«Solo la pulizia. Niente di complicato.»

«Ah, ma allora…» Alza le mani. «La pulizia non fa male, non è così brutto.»

«No, infatti.»

«Non ti preoccupare, è un attimo. Io, invece…» Fa un sospiro. «Li sto perdendo tutti. È la chemio, sai. Ha tante conseguenze. La faccio per mio marito, così ha una speranza, anche se serve a poco.»

Annuisco senza mostrare alcuna reazione. Sembrava allegra. Pensavo fosse una vecchietta stupida. «Mi dispiace» dico, per rimediare in qualche modo.

«Oh, non fa niente» risponde. Intanto il marito torna, scortato dall'infermiera. La signora si alza, afferra svelta la giacca e aiuta suo marito a indossarla.

«Deve fare solo la pulizia» gli dice lei; lui sorride, ma ha gli occhi tristi. La signora gli domanda con dolcezza com'è andata, iniziano a discutere sull'essere un coniglio fifone del marito e su quanto lei riesca a essere seccante quando ci si mette. Io osservo.

«Buonasera» urlano in coro, e vanno via mano nella mano.

71

L'ALTRA

Lei è l'altra. Siamo complementari. Le mie zone d'ombra sono le sue zone di luce. Ha la pelle scura, io chiara; ha i capelli liscissimi, lucidi, curati; i miei sono stopposi e pieni di boccoli, sfibrati dai colpi di spazzola feroci al mattino. Ha piccoli denti regolari e bianchi, che sembrano finti per quanto sono perfetti. Nella mia bocca i canini sono troppo lunghi, ho gli incisivi seghettati, c'è qualcosa di storto. È come se avesse preso ogni mia mancanza e l'avesse corretta.

Mi sveglio alle tre e quarantaquattro con la gola secca. Percorro il corridoio a piedi nudi, entro in cucina, riempio un bicchiere dal lavandino. Poi rimango lì a chiedermi se fare subito il caffè o no, a gustare quel tempo in cui non sono costretta a correre.

Lei fa capolino dalla porta, con addosso una felpa troppo larga. Sgambetta fino a me, che la guardo con aria contrita, come una nonna con un rimprovero pronto in bocca.

«Ti ho svegliato?» le chiedo.

«No, ero già sveglia. Ti ho sentita passare.»

Allora anche lei dorme poco; non lo sapevo.

«Vuoi un caffè?» azzardo.

«Ci sta.»

Mi metto a prepararlo.

«Quindi tu lavori in editoria» dice. Non è una domanda. Mi preparo alla richiesta di chiarimenti che segue sempre. Ma che faccio, di preciso? Che vuol dire, editing? Ma riscrivi le storie degli altri? Riempio d'acqua la moka, in silenzio, e attendo il giusto paio di secondi. Lei non parla.

«Sì» dico allora.

«Che bello.»

Nella sua camera c'è una libreria, una di quelle bianche dell'Ikea che costa al massimo quaranta euro. Piena. So che legge, ma non so cosa: non sono mai andata a vedere.

Riavvito la parte superiore della moka, accendo il fuoco.

«È un bel lavoro, sì. A me piace molto.»

«Volevo chiederti…» inizia. Sorride imbarazzata, stringe le gambe nude, si tocca il viso. Si vergogna. È buffo vederla così. «Ho scritto un… Un racconto. È breve, una sciocchezza.»

«Mh.» Non ho ancora deciso se esserne contenta o no. Ormai ho imparato a non mostrare subito entusiasmo.

«Vuoi leggerla?»

Mi impiglio in una risposta che non viene fuori. Lei mi guarda.

«Ti pago!» esclama subito. «Scusa, è ovvio che ti pago. A cartella, giusto? Non c'è problema, ti pago.»

«No, ma…»

«Figurati, non voglio che tu lo faccia come favore. Vorrei

che lo valutassi, cioè, che mi dicessi se fa schifo. Sul serio.»

«Va bene. Quando vuoi.»

Ci sorridiamo, grate l'una all'altra. Il caffè ancora non esce, le parole sono finite. Aspettiamo.

Dopo, c'è un susseguirsi di scene come il montaggio di un film.

Sono sul mio letto a leggere, da sola, con il fiato sospeso. È brava. La mia valutazione è positiva.

Poi siamo entrambe nella sua stanza, lei seduta sul letto e io alla scrivania, sulla sedia con le rotelle, girata verso di lei, i fogli in mano. Le parlo, lei ascolta rapita.

Poi siamo sul letto entrambe e le mostro qualche ripetizione, qualche eufonica, spiego cosa potrebbe modificare. Prende un evidenziatore e una matita, in fretta, come se temesse che i miei suggerimenti possano dissolversi se non li appunta.

Poi mi sollevo per tornare in camera mia e mi ringrazia. Mi prende una mano, la stringe, ridiamo, vuole darmi dei soldi ma rifiuto, insiste. Li prendo.

Le dico che mi serviranno i suoi dati per la ricevuta e questo la fa scoppiare in una risata nervosa, senza motivo.

Torno nella stanza piena di luce, ormai è mattina.

«Avete fatto amicizia, vedo» dice il mio lui a colazione, più tardi.

Io e lei ci scambiamo un sorriso.

72

UN CUCCHIAINO D'ARGENTO

Sono al tavolo di un bar in centro, a chiedermi quanto costerà un caffè qui e se dovrei propormi di pagarlo io. Ho le mani strette sulle ginocchia, sto scomoda, non riesco a trovare una posizione.

«Che mi dici, allora, di questa storia?» chiede l'agente letterario che ho di fronte.

Io non lo so. Vorrei poterlo dire: non lo so, mi è venuta così, non c'è nessun simbolismo mistico da spiegare. Conosco la procedura: dovrei tirar fuori un bel pitch commerciale per dimostrare che ne capisco, che sono in grado di propormi ai lettori. In fondo lo faccio per aiutare gli autori che seguo, dovrebbe venirmi naturale. Ma adesso gioco con il cucchiaino, che secondo me è d'argento. Chissà quanto vale. Chissà se potrei rubarlo. Ha un bel disegno, sopra. E se lo rivendessi? Ne avranno talmente tanti, qua, che non se ne accorgerebbero nemmeno.

«L'ho scritta nei ritagli di tempo» rispondo a bassa voce.

«Mi sono rivolta a voi proprio per sapere se dovrei buttarla o no. È difficile giudicare le proprie storie.»

Lui non mi ha ancora detto se gli piace. Non mi ha detto niente, ha solo proposto di incontrarci. Ho passato ore a ripetere ai miei coinquilini che, di certo, mi voleva vedere solo per potermi dire quanto faccio schifo. Loro hanno riso di me, perché in effetti è un pensiero ridicolo. Però è possibile; potrebbe ancora succedere, e per questo continuo a fissare la mia tazzina.

«Io mi sono commosso» dice. «Ho letto con piacere. Secondo me hai fatto un buon lavoro.»

Vorrei chiedergli quanti manoscritti ha valutato in vita sua. Credo parecchi. Io ne leggo un sacco e ho iniziato da poco; lui potrebbe essere mio padre. Mi avevano detto che per ottenere qualcosa avrei dovuto trovarmi degli amici potenti, invece sono qui e lui ha letto con piacere.

«Quindi...» inizio. Mi fermo. Sarebbe bello avere ancora qualcosa da fare, su questo tavolino, tipo bere il caffè. La tazzina però è già vuota. In fondo c'è lo zucchero, che non si è sciolto bene perché non ho mescolato abbastanza.

«Quindi ho parlato con i miei soci e vorremmo rappresentarti.»

Alzo gli occhi un attimo, poi me ne pento e torno a guardare in basso.

«Va bene» dico senza emozione. Perché non posso afferrargli la faccia e baciarlo, insomma. Fingerò di essere superiore, di avere consapevolezza del mio talento, fingerò di essermelo aspettato.

«Perciò faccio preparare il contratto di rappresentanza» dice lui. Non è una domanda.

«Va bene» ripeto. «Grazie.»

Parliamo. Spiega quali saranno gli obblighi e cosa dovrò fare, mi dice cosa ha in mente per il mio libro. Ascolto emozionata, perché non sembra vero. Annuisco spesso.

Quando tutto è chiaro alza il braccio per chiedere il conto ed è già finita, non potrò ripercorrere venti volte questi momenti e controllare di non aver fatto errori. Per fortuna non ho rubato nessun cucchiaino. Il cameriere porta un vassoietto, lo appoggia dall'altro lato del tavolo rispetto a me perché sono una donna e si presume che non paghi io. Non so se propormi o no. L'agente prende il portafoglio e paga, senza dire nulla.

Ci alziamo.

«Grazie per il caffè» dico. «E di tutto. Sono contenta.»

Mi prende la mano, per un attimo mi spavento. «Vedrai» dice, soltanto.

73

I DOVERI DEL CAPOFAMIGLIA

«Vieni, a Natale?» chiede mia madre da dentro il telefono.

Il tempo è una ruota. Devo scrivere, devo leggere due manoscritti entro la prossima settimana, devo incontrare un editore per iniziare a collaborare. Dicembre sembra lontanissimo, ma ormai ho capito che non funziona così.

«Certo, domani prenoto.»

«No, perché sai, è triste se no. Vorrei fare l'albero con te.»

«Ci mancherebbe, mamma. Vengo. Non preoccuparti.»

Devo pensare anche a lei. Non credevo fosse un problema: credevo bastasse realizzarsi, ottenere l'approvazione di qualcuno e avere dei soldi. Invece mia madre vive da sola, dall'altra parte dell'Italia, nella sua casa silenziosa, e io creo contatti qui, inizio a mettere radici che non potrò solo strappar via.

«Come va con la testa?» le domando.

«Meglio. È la cervicale, però se mi siedo mi passa.»

«Stai attenta.»

«Non è niente, tranquilla. Poi, se prenoti, avrò qualcosa da aspettare» aggiunge, come se la cervicale dipendesse dalla mia mancanza. E forse è un po' così, quindi ne sono responsabile.

«Bisogna pulire dietro la lavatrice» aggiunge. «Non riesco a spostarla.»

«Hai chiesto alla tua collega se conosce qualcuno?» Le avevo detto di informarsi per trovare una ragazza. Non una badante, per carità; ma una persona che possa darle una mano se serve. Soltanto se serve, perché altrimenti mia madre si arrabbia.

«Ma spendiamo troppo» dice.

«Ce la facciamo, invece.»

Ed è vero.

Fuori l'aria si rinfresca, porta quel clima che adoro. Va tutto bene, anche se a volte mi sveglio, la notte, e ho paura. Credo succeda anche a mia madre. Tra noi c'è un collegamento, come un filo luminoso che corre per tutta la penisola e arriva in quella via, in quella casa, sulle scale, alla porta che non si chiude più bene, alla sua poltrona.

«Tu come stai?» chiede lei.

Ho già idea di come ristruttureremo il bagno. Le mattonelle sono troppo vecchie, qualcuna ha perso un pezzo. Ci sarebbero da ridipingere le pareti del corridoio. Ho controllato quanto costerebbe, più o meno. Certo, c'è da organizzarsi, bisogna mettere da parte i soldi man mano, ma ce la farò. Ce la faremo.

«Sto bene» dico, e dall'altra parte lei respira piano, si aggiusta sulla sedia, si sente serena.

74

DI TORTE E BISCOTTI

Firmo, convinta che mi sveglierò.

Nulla è certo: potrebbe succedere che nessun editore voglia pubblicare il mio libro. Potrei venire rifiutata e dover rifare tutto da capo. Potrebbe crollarmi in testa il castello, però mi sento decisa. Sono pronta a schivarne le macerie, vada come vada. Se non mi vorranno, peggio per loro. Me lo ripeto in mente, una filastrocca isterica: peggio per loro, peggio per loro.

Il mio agente riprende il contratto e mi parla. Spiega cose che conosco già, chiede se ho capito. Io galleggio in questo stato di grazia, stordita. Ho chiaro che dovremo procedere con l'editing? Certo. E dovrà essere pronto per quella fiera e per quell'altra. Ovvio. Annuisco.

«Perfetto» dice.

Di perfetto non c'è niente, però sono allegra. E poi, peggio per loro. Me ne vado in tram, che è strapieno e puzzolente di sudore.

Lui, il ragazzo che cenava da me e ora mi piace, ha preso un giorno di ferie. Non l'ha detto, ma so che lo ha fatto per aspettarmi. Ha chiesto di accompagnarmi, però ho rifiutato; volevo essere da sola, giusto nel caso in cui l'agente avesse voluto urlare "fai schifo" invece di porgermi il contratto. Giusto per precauzione.

Sta dietro la porta quando entro, come se avesse atteso lì, e non mi stupirebbe.

«Congratulazioni!» urla appena mi vede.

«Sei scemo?»

«Ma… perché? Hai firmato, no?»

«Sì, ma non significa niente.»

Mi afferra le mani. Io sbuffo.

«Non sei felice nemmeno un po'?» La sua faccia è bella. Mi riesce di pensare soltanto questo.

«Certo, certo.»

«Bisogna festeggiare.»

Siamo soli, gli altri sono al lavoro. Mi trascina in cucina e sul tavolo c'è una torta. Ci ha anche messo una candelina sopra.

«È il compleanno di qualcuno?» chiedo, fingendo di essere perplessa.

«Piantala. Guarda, ecco.» Prende un accendino e accende la candela, tutto fiero. «L'ho comprata io. Non l'ho preparata, perché non so farlo, ma fai finta che l'abbia creata con tutto il mio affetto.»

«Non c'era bisogno di…»

«Piantala.» Mi spinge di fronte alla torta. «Devi soffiare.»

«Ma perché?»

«Non lo so, si fa così in questi casi.»

«Ne dubito.»

«Be', noi facciamo così, è una tradizione.»

«Che vuol dire?»

«Per ogni contratto, avrai una candelina da spegnere. Ok? Ora stai zitta e soffia.»

Sbuffo ancora, poi mi chino e soffio. «Contento?» gli chiedo, voltandomi.

Lui mi bacia. Le sue labbra sono calde.

«Volevo chiedertelo ora» dice.

«Eh?»

«Volevo chiederti se… Se vuoi stare con me. Cioè, sul serio. So che è tutto un po' strano. Vorrei che fossi la mia… ragazza. Posso dire ragazza? La mia compagna, insomma. Siamo adulti.» Ridacchia. «Vuoi?»

Mi lecco le labbra. Questo davvero non me lo aspettavo.

«Ah, io… Io non…»

«Non devi per forza dirmelo subito. Ci puoi pensare. Per tutto il tempo che vuoi.»

Mi piacerebbe abbracciarlo, ma sono confusa. Non voglio accettare solo perché è un momento carino. Non lo so. Non so cosa dire.

«Ok. Ora io vado di là, perché sta diventando imbarazzante, e poi me lo fai sapere. Quando vuoi, non subito. Davvero, quando vuoi.»

«Aspetta…»

«No, davvero, quando vuoi.»

«Aspetta.»

Gli prendo un lembo della maglietta, per trattenerlo, anche se non si è mosso.

«Grazie» dico. «Grazie.»

«Di niente, figurati.»

«Io… non so se… Sono senza parole. E vorrei dirti di sì, però… Voglio aspettare. Cioè…»

Mi fermo a pensarci.

«Sai cosa dice Buffy?» chiedo. Lui non capisce. «Buffy, quella della serie tv. Lei dice che si sente come l'impasto per i biscotti. E un giorno sarà cotta, cioè pronta, e qualcuno potrà gustarla. Ma non subito, non ancora.»

Mi fissa.

«Sì, lo so» dico ridendo. «È una metafora stupida, però…»

«No, ho capito.»

Ci stringiamo le mani, il sole riempie la stanza. Sento che la sua stretta è dolce.

«Allora la assaggiamo, questa torta?» chiede. E io so che posso sedermi e mangiare e raccontargli com'è andata, che andrà tutto bene.

In caso contrario, peggio per lui.

75

IL MOMENTO GIUSTO

Sono in coda, dentro una tabaccheria cinese, per comprare le carte bollate che servono per le fatture. Davanti a me c'è un vecchietto curvo che si appoggia a un bastone, prima di lui un giovanotto aitante e prima ancora una signora che sta perdendo tempo. Al tavolo interno c'è uno stormo di persone anziane.

«Settanta!» urla uno di loro. Mi giro a guardarlo.

«Ma cosa dici, settanta...» risponde un altro. «Ormai, l'età media...»

Un terzo signore interrompe il suo amico e grida anche lui. «Secondo me, anche sessantacinque.»

«No, sessantacinque è presto.»

«E che ne sai?»

«Io dico settanta» insiste il primo. «È pure dignitoso. Sessantotto?»

«Mi volete far paura? Io ne ho sessantotto!»

Si mettono a ridere tutti insieme, con le bocche spalancate. Fanno un sacco di rumore, hanno le facce rosse e credo abbiano bevuto troppo. Sul tavolo ci sono tre birre aperte, ogni tanto loro prendono un sorso.

«Ma cosa cambia?» sentenzia il primo. «Settanta o sessantotto, mi volete dire che è diverso?»

«Io ho mia figlia che è incinta» dice il secondo. «Lo posso almeno vedere, questo nipote, prima di crepare?» E ridono.

Li fisso, facendo dei calcoli in mente: quanti anni ha mia madre?

«Prego?» dice il cassiere cinese. Mi ero distratta, è il mio turno. Corro più vicino al bancone, mentre i vecchietti continuano a bere e a schiamazzare.

76

MERITATO RIPOSO

Quando guardo a lungo nell'abisso di manoscritti, l'abisso di manoscritti guarda in me e si allarga. E mi inghiotte. Perché ha bocca, e denti, e gola.

Annaspo tra una scheda e un capitolo da editare, cercando con tutte le mie forze di finire entro sera. Leggo, leggo tanto, tutto il giorno. Dimentico di chiamare mia madre, mi sfugge l'ora di pranzo, non faccio la spesa, sgranocchio patatine. Sto seduta e leggo, scrivo, rispondo alle mail, chiamo gli autori. Per ogni fattura sento una scarica di adrenalina. Non sono un'ingenua, so che mi strapperò i capelli quando il commercialista chiamerà per dirmi quanto devo versare per le tasse, per l'INPS, per questo e quello; ci sono cose che non ho ancora capito davvero e che forse non capirò mai, su ciò che uno Stato distante ed estraneo pretende da me, ma non ha importanza. Corro. Devo correre. Devo farcela.

Il coinquilino, l'altro, quello che in pratica non conosco

ancora, ogni tanto viene in camera a parlarmi. Prova a conoscermi, io lo rifiuto. Non voglio piacergli, non voglio che mi tocchi. Non gli appartengo e non potrà mai succedere, mi sento in colpa, mi dispiace, ma è così. Lui ci rimane male, gli occhi diventano tristi. L'amore mi sfugge, continua a non significare niente. Ogni tanto ci penso: sarebbe semplice, se mi arrendessi. Se solo mi arrendessi.

Le settimane si susseguono. Attendo notizie sul mio manoscritto; a volte il mio agente manda una mail, dando indicazioni per migliorarne la forma. Ci lavoro di notte, quando riesco a tenere gli occhi aperti, bevendo litri di caffè seduta alla scrivania.

Ho le occhiaie. I miei capelli soffrono, mangio male, non cammino mai; sto prendendo peso, ma non ho il tempo per occuparmene.

"Beata te" mi scrive un'autrice gentile. "Ti invidio, hai una vita di successo."

Abbandono il portatile con lo schermo acceso e mi trascino in cucina per l'ennesimo caffè. È tardi, fuori c'è buio e silenzio.

Alla fine vado in camera sua, del ragazzo che cenava da me. La porta è proprio accanto a quella del coinquilino a cui piaccio, e se entrassi lì, invece, tutto sarebbe facile.

Lui è sul letto, forse dormiva già. Non dico nulla: mi sdraio e lo stringo da dietro; è caldo.

«Che succede?» dice con la voce del sonno.

«Niente, niente.»

Si gira verso di me. «Sei triste?»

«No.»

Mi guarda; d'istinto, la sua faccia mi fa ridere. Poi

piango, senza motivo, e mi strofino gli occhi perché me ne vergogno.

«Guarda che va bene essere tristi, ogni tanto» dice. «Non devi far finta, non sei un robot.»

«Sono solo un po' stanca» rispondo. Lui mi abbraccia e stiamo così, zitti, per riposarci.

77

LE PAROLE SULLA LINGUA

Sto fumando una sigaretta davanti alle porte automatiche di un centro commerciale. Vicino a me c'è una ragazza che parla al cellulare. Arriva un uomo con i vestiti sporchi e la barba.

Inizia a parlarmi, ma non capisco nulla. Ha un grave difetto di pronuncia: è come se la sua lingua fosse enorme e gli impedisse di scandire le sillabe. Ogni frase sembra un conato. Si presenta e quindi gli stringo la mano.

Il suo è un discorso lungo: indovino che sta parlando di sua madre. Sono poveri, non hanno da mangiare, nessuno vuole mai parlargli. Abita lì vicino; mi indica dove. Il suo maglione ha un buco sotto l'ascella. Io ascolto e annuisco. Chiede cosa faccio nella vita, gli dico che scrivo. Alla fine mi chiede dei soldi e dico di no, non ne ho proprio, allora si allontana e lo vedo ricominciare da capo con il prossimo passante. Sono un po' delusa: pensavo volesse solo chiacchierare.

«Non devi dargli retta, sta sempre qua» dice la ragazza. Ha finito di parlare al telefono ed è rimasta a osservare la scena. «Lo fa solo per chiedere soldi.»

«Ma ha un problema davvero» rispondo.

«Che ne sai. Magari finge.»

«Non so. Mi sembrerebbe assurdo.»

Lei fa un sorriso amaro, guarda il cielo. Sta pensando che io sia stupida, forse.

«Se il suo difetto è vero» continuo, «non parla mai con nessuno. Almeno gli ho dato retta.»

«Potrebbe trovare qualcuno che gli parli, invece di rompere le scatole alla gente per strada. Che ne so, l'edicolante.»

«Forse l'edicolante pensa la stessa cosa e non gli parla» dico.

Lei si stringe nelle spalle. La mia sigaretta è finita, la spengo sulla griglia del cestino per l'immondizia.

Quando lascio il centro commerciale, lui mi viene incontro e parte subito a recitare la sua storia sempre uguale. Io lo fermo.

«Me lo hai già detto» dico.

«Ah» dice lui sputando, e gli si illumina la faccia. «La scrittrice.» Agita una mano, poi mi lascia andare con un mezzo inchino. Se lo ricorda: io ho già dimenticato il suo nome.

78

SOLO DEL TEMPO

«Ma quindi, l'agente lo hai più sentito?» chiede mia madre dal telefono.

Ho sbagliato, lo ammetto: bisognerebbe evitare di parlarne, specialmente a chi non conosce l'editoria. Le avevo raccontato della firma perché ero contenta, ma adesso chiede notizie troppo spesso. Io, che dovrei saperne qualcosa, in realtà non ne so nulla. Forse nessuno potrebbe.

«No, mamma. Per ora no.»

Lei rimane zitta e in quel silenzio sento un'accusa: stai perdendo tempo, sei un'illusa, non ce la farai. È una bugia, me lo sto inventando; mia madre tace soltanto perché vorrebbe trovare le parole giuste ma non sa quali dovrebbero essere. La pubblicazione di un libro rimane un bel gioco, per lei, ma non è questo il punto. Non le importa, in fondo. Lo so, eppure mi vergogno di non avere uno sfavillante successo.

«È un romanzo complicato» insisto. «Sono già soddisfatta che l'abbiano preso, non è facile piazzarlo.»

Questo è ciò che ripetono a me, quindi riferisco. Ma lo so, lo so che il motivo è la mia inesperienza, il mio essere inadatta e sterile e sciocca. Pensavo di far l'autrice. Bah! Che ragazzina petulante. Ecco cosa immagino, in bocca agli editori fieri dietro le loro scrivanie. Ecco cosa penso di me stessa. Non posso dirlo alla mia povera madre piena di aspettative, però, e allora mento, fingo di sentirmi fiera dei miei scritti. La verità è che li ho riletti e mi sono chiesta, nel panico, quale patologia mentale abbia spinto l'agenzia a considerarli.

«Ma ti hanno fatto firmare un contratto, no? E non ti pagano?» chiede mia madre, con l'ingenuità adorabile degli adulti.

«No, mamma. Mi pagherà l'editore, se deciderà di pubblicarmi. Prima non mi paga nessuno.»

«E il contratto?»

«Il contratto è per la rappresentanza. Solo per quella.»

«Ah» fa lei, come se sapesse cosa voglia dire.

È colpa mia, dovevo stare zitta.

Ci salutiamo, lei perplessa e io dolorante. Torno al lavoro. Tra me e quel giorno, quello in cui succederà qualcosa di bello, c'è del tempo; sembra infinito, ma non lo è. Penso a questo e mi consolo, prima di riaprire il file da correggere.

Sono soltanto delle ore, dei giorni. È solo tempo.

79

IL MIO UNICO CORPO

La bilancia non lascia scampo all'ipocrisia: sono grassa.

Me ne rendo conto durante un pomeriggio come gli altri. La mia pancia è un salvagente: mi protegge dall'annegamento. Se qualcuno mi gettasse in mare, galleggerei come un gommone.

Corro in strada, cammino per un'ora nel panico. Non è abbastanza. Sudo, ansimo, non sono abituata a camminare tanto. Mi sento a un inizio: se continuerò, smetterò di essere sbagliata.

Sono grassa, penso, e torno a casa e mi schianto sul materasso. Sono immensa, non ho confini, potrei inghiottire l'universo. Devo contenermi e divenire piccola, compatta. I vestiti tirano, non ci entro.

«Esci con noi, stasera?» chiede lei, la ragazza perfetta, quella che piaceva al lui che vorrei ma che non voglio davvero. Ha fatto capolino dalla porta, per fortuna non mi ha vista nuda a saltellare per entrare nei jeans.

«Non… no, grazie» le rispondo. Poi torno a cercare di allacciarmi quei pantaloni ormai troppo stretti. Il mio gesto rende chiaro che dovrebbe andarsene, ma rimane. «Che c'è?» chiedo, scocciata.

«Va tutto bene?»

«Sì, certo.»

Va a sedersi sul mio letto. Io la seguo con gli occhi.

«Scusa, mi stavo cambiando» dico, così se ne andrà.

«Sono giorni che non esci» dichiara.

«Non è vero, oggi ho fatto una passeggiata.»

«Qualcosa non va» insiste. Si solleva, leggera, e mi prende una mano. «Non va bene, lavorare così tanto. Dai, vieni con noi. Andiamo in pizzeria.»

«Grazie, ma non posso. Davvero.»

«Per favore, per me. Lo fai per me?»

La sua faccia è così seria e buffa che mi scappa da ridere. «Sei preoccupata sul serio?»

«Assolutamente sì, e potrei non dormire, stanotte, per questo. Sarebbe colpa tua. Devi venire.»

«Che scema.» Dico così e lei sorride; non so a chi mi rivolgevo. «Va bene, arrivo.»

Quando esce dalla stanza, noto i miei vestiti sparsi ovunque intorno. Noto il caos che ho creato qui dentro. Ho voglia di uscire, in effetti; di allontanarmi e scordare questa camera che sa di chiuso.

Domani andrò a lavorare in un bar che abbia il wi-fi gratis, penso, mentre mi rivesto con abiti adatti a quello che, in fondo, al di là di tutto, è il mio unico corpo.

80

I GIOVANI D'OGGI

Sono sul quattordici, viaggio verso lo studio del commercialista. Dovrò firmare dei documenti per l'antiriciclaggio, e cose simili che fingerò di leggere per sembrare intelligente. Come al solito, non c'è posto per sedersi.

Me ne sto appesa tra una vecchietta e un uomo in carriera, e mio malgrado ascolto la telefonata di un ragazzo.

«Quanto pagano?» sta dicendo. «Ma quattrocento è poco… Quattrocento al mese? Ma è poco.»

Non è di Milano, si vede: ha addosso una tuta e delle scarpe da ginnastica, e uno di quei giubbotti fatti male che si comprano dai cinesi. Immagino però che viva qui da qualche tempo; il taglio di capelli e la barbetta curata sono la prova del tentativo di ambientarsi.

«Non ce la farei proprio» dice ancora. «Sì, lo so, capisco che sono senza lavoro e dovrei… Sì, sì, lo so. Me ne rendo conto, papà, però quattrocento, per un tempo pieno…»

Fisso le sue scarpe, mentre il tram frena bruscamente e

mi fa arrivare una gomitata dalla vecchietta, che subito si scusa con un cenno.

«No, è che davvero non ce la faccio. Ho bisogno di... di una pausa. Per ora no, sul serio, magari ne riparliamo.»

Lo vedo annuire, come se il padre potesse vederlo.

«Va bene. Dai, ci sentiamo dopo.»

Riattacca e lascia scivolare il cellulare nella tasca del giubbotto. Tra poco arriveremo alla mia fermata e dovrò scendere, quindi tento di avvicinarmi alle porte, ma intanto non lo perdo d'occhio.

Si piazza in un angolo, circondato da braccia e mani e persone, e guarda fuori dal finestrino. Sembra cercare qualcosa, ma non lo trova.

81

LE PRIME INFINITE ATTESE

Fisso lo schermo del cellulare; ho messo come sfondo l'immagine di una ragazza che precipita in un abisso stellato. Molto poetico, però quando lo guardo mi viene l'ansia. Dovrei cambiarlo.

Apro la rubrica e scorro. Sto cercando di essere molto lenta, ma non posso mentire a me stessa: avevo intenzione di chiamare il mio agente letterario, perché non si fa sentire da troppo. Vorrei almeno delle notizie su come stanno andando le cose. Non ne so abbastanza, di agenzie, per decidere che deve aver già ottenuto qualche risposta dagli editori, però in realtà sono convinta di sì. Sospesa tra il dubbio e la presunzione, ho pensato di dover telefonare.

Trovo il nome. È lì, al suo posto, tra il contatto di un cliente e quello di uno zio che non ho mai chiamato. Basterebbe picchiarci sopra col dito, per sentire la sua voce e venire rassicurata. Però potrebbe non succedere; e se lo disturbassi? Cosa penserà, insomma, vedendosi cercare da questa autrice esordiente e fastidiosa che non vale niente, che non vale abbastanza (e questo è sicuro, penso con amarezza, visto che è andata così) da preoccuparsi di aggiornarla dopo mesi? Ovvio, le uniche notizie da dare saranno dei rifiuti. Non è che io mi aspetti altro, insomma. Però percepisco un'ingiustizia nel silenzio, credo di avere il diritto di sapere, così mi metterò il cuore in pace e potrò andare avanti con la mia vita, visto che sono un fallimento e non riesco neppure a farmi chiamare dal mio agente.

Ecco, lo sapevo; era proprio da questi pensieri che tentavo di fuggire.

Sospiro, esito ancora. Non voglio chiamare, non ne ho la forza. Osservo quel nome crudele e immagino lui alla sua scrivania, nel suo ufficio in centro, che sfoglia dattiloscritti più belli del mio. Sospiro di nuovo.

Infine mi arrendo e invio un messaggio via WhatsApp. Lo rileggo subito e lo trovo immensamente cretino.

"Ciao! Scusa se ti disturbo, so che sei molto impegnato. Mi chiedevo però come sia finita, con il mio romanzo. Puoi farmi sapere qualcosa? Ci sono novità? In quanti lo hanno già rifiutato? Ok, rimango in attesa. Buon pomeriggio!"

Ci ho anche messo una faccina idiota che sorride. Ho scelto quella tenera, che ha le guanciotte rosse, non quella standard, fredda e priva di personalità.

Attendo; lui non si connette da ieri sera, e non visualizza. Forse è meglio così, magari esiste un modo per evitare che possa mai leggere questo messaggio inutile. Cosa chiedo a fare? Se avesse delle belle notizie, ovviamente, me lo farebbe sapere. Do un'occhiata veloce alle opzioni, ma non c'è modo, pare, di cancellarlo. Almeno, io non lo trovo.

I simboli diventano blu: ha letto. Mi fermo, come se potesse vedere i miei movimenti.

Sta scrivendo.

Io mantengo un respiro regolare.

Lui sta scrivendo.

Deglutisco e inizio a battere un piede sul pavimento per scandire i secondi. Quanto ci mette?

Sta scrivendo.

Così vedrà che sono qui, connessa, ad aspettare. Che brutta figura; forse dovrei chiudere tutto e mantenere la dignità.

Quando sul mio schermo appare la risposta, sobbalzo.

"Ciao. Hai ragione, scusami. Al momento sono a Roma, però quando torno ci vediamo per fare il punto della situazione. Ti andrebbe bene?"

Lui non ha usato faccine.

Mi affretto a rispondere: "Certo. Dimmi quando e dove, ci sarò."

Visualizza, poi non è più online.

Non me la sono cavata poi così male, rifletto. Spengo lo schermo e torno al mio lavoro; inizia un'altra attesa. Ho la sensazione che non sarà l'ultima.

82

DI ZAPPE SUI PIEDI

Il mio cellulare squilla; sullo schermo appare il nome di un'autrice per cui sto lavorando. Ha già provato a chiamare tre volte, stamattina, ma non ho risposto perché ero nel pieno della correzione di una scena e non volevo distrarmi.

«Pronto?» dice subito.

«Sì, ciao. Dimmi tutto.»

«Eh, no, dimmi tu. Ho provato a chiamarti ma non rispondevi.»

«Scusami, stavo lavorando.»

Sbuffa. Mi sento un po' nervosa e mi impegno per non farlo trasparire dalla voce; questa signora è insopportabile, continua a mettermi fretta. Le ho spiegato che per un editing serve del tempo, ma non ascolta e si lamenta.

«Quindi non hai ancora finito?» chiede.

«No, sono al capitolo sedici. Sto rileggendo e, come ti dicevo, manderò il file appena è pronto.»

«Sì, però a me sta passando la voglia!»

Non so cosa dire. Abbiamo iniziato da poco, il suo romanzo è lunghissimo e sto facendo del mio meglio per accelerare i tempi. Mi sono impegnata sul serio, per farla contenta; ho lavorato anche con la febbre. Lei, in quei giorni, non ha neanche provato a fingere che le importasse della mia salute: ha solo continuato a insistere.

«Be'…» inizio, però mi interrompe.

«Quando potrò mandarlo in agenzia?»

«In agenzia? Quale agenzia?»

«Ne ho diverse che aspettano. Mi stanno chiedendo che fine ho fatto.»

Ormai la conosco e so che mente. Lo dice illudendosi che questo mi spinga a sbrigarmi, non so in base a quale criterio. Mi ha raccontato persino di aver lavorato per un editore importante, ma dai suoi discorsi è palese che sia solo una patetica bugia per darsi un tono.

«Ah. Presto, sarà pronto a breve.»

«Lo dici sempre, io mi sto stancando. Ho bisogno del file, quando me lo mandi?»

«Ma è solo la prima revisione… Dopo dovremmo lavorarci insieme.»

«No no, me lo devi mandare pronto. Io lo devo inviare alle agenzie! Eh, scusa, se no cosa ti pago a fare?»

Mi sento esausta. Sopprimo l'idea di mandarla a quel paese, di sbatterle in faccia i suoi soldi e bloccare ogni suo contatto. Non devo; colpa mia che ho accettato il lavoro, adesso me lo tengo.

«Farò quel che posso. Ora scusa ma devo andare» dico, e lei borbotta qualcosa di poco chiaro per poi rassegnarsi a salutarmi. Riattacco, spengo il cellulare per evitare che richiami tra cinque minuti.

Mi siedo e apro il suo file. Era un bel romanzo, che peccato; all'inizio volevo sostenerla, parlarne a qualcuno, ma ora… Ora sono stanca. Me ne occuperò, svolgendo il lavoro per cui sono stata retribuita, e quindi inviandole la revisione annotata, così avrò fatto il mio dovere.

Chiudo il file. Ci sono storie più importanti a cui pensare.

83

IL SAPORE DEL FALLIMENTO

Mi decido a inviare il messaggio. Premo, semplicemente, e quello parte, senza rimedio. Dopo fisso lo schermo e mi pento.

"Ciao, scusa se disturbo. Volevo solo dirti che poi non ci siamo più sentiti, e attendo novità. Grazie, buona giornata!"

Quel punto esclamativo finale non va bene per niente; lui è un agente letterario, è un editor, un collega. Mi giudicherà. Avrei dovuto scrivere meglio. In ogni caso, non ho neanche particolari speranze di ottenere una risposta.

Riprendo il mio lavoro. Oggi tutto sembra vuoto: devo abituarmi alla mancanza di equilibrio, in fondo. Alterno giornate in cui mi impegno con dedizione ad altre in cui rimango a letto, rassegnata alla morte per inedia che certamente mi aspetta nel futuro. Oggi ci provo, ma non sono convinta. Diciamo che, se devo proprio fallire, almeno passerò il tempo sulle bozze mentre attendo.

Il cellulare emette il suo squittio odioso. Lo afferro subito.

"Hai ragione, scusami. Sono stato impegnatissimo, ora sono a Bergamo. Ti scrivo domani."

Tutto qua. Se qualche editore avesse mostrato interesse per il mio povero romanzo, la risposta non sarebbe questa.

Mio malgrado, sono delusa.

Torno a intrattenermi con il lavoro inutile e penoso, quello che non mi darà mai da vivere, quello che non basterà.

84

OGNI SCELTA FERISCE QUALCUNO

«Stamattina non sono andata in ufficio» annuncia mia madre al telefono.

Ormai ci sentiamo un po' meno; non ho mai tempo, sono sempre di corsa. La chiamo alle nove del mattino, bevendo caffè, quando sono già di fronte al computer da due ore.

«Come mai?» le chiedo.

«Fuori fa troppo freddo, non me la sentivo.»

Penso all'inverno della Sicilia, che sa essere crudele ma dura pochissimo. Lo conosco bene; non sa di nulla. Il gelo milanese è adorabile, impietoso e onesto, e me lo godo soddisfatta. Mia madre invece attende la primavera con ansia, terrorizzata dalla pioggia e dal vento come se potessero ucciderla.

«Ma quanti giorni di ferie ti restano?» domando, con il cellulare incastrato tra la faccia e la spalla. Sto preparando la moka, nel frattempo.

«Eh, pochi. Perché dopo vado in pensione, quindi non

posso prenderne molti in anticipo.»

«Appunto, stai attenta. Controlla.»

«Vabbè. Ma tu quando vieni?»

Temevo questa domanda. Non ne ho idea; sto frequentando l'ennesimo corso, ho lo stage e i clienti. Non posso proprio allontanarmi.

«Per adesso devo stare qui, mamma. Vedrò, devo prenotare, ma non è il momento.»

«Quindi a Natale non ci sarai?»

Si sente, dal tono, che non vuole imporsi, ma capisco lo stesso quanto le dispiaccia. Mi sento cattiva, eppure non posso farci niente: non ho i soldi, i voli per la Sicilia sono costosi e non sono sicura di poter prenotare, ho troppi impegni. Lei non sarà da sola, quest'anno, perché tornano altri parenti e le faranno compagnia. Ho deciso di darmi il permesso di non esserci, per una volta. Almeno una. Anche perché i miei coinquilini stanno preparando i festeggiamenti e sarei contenta di partecipare.

«No, te l'ho già detto. Faccio un anno sì e uno no, così accontento tutti» dico, e il senso di colpa parte dal cuore, striscia sul petto, raggiunge il telefono.

Mia madre rimane in silenzio per qualche secondo. «Però…» dice infine. «Tu credi che rimarrai lì per sempre? Non tornerai qui? Mai?»

So che per lei è tutta una gran fregatura; era convinta che sarei tornata, che volassi a Milano solo per fare esperienza e per sedare la mia voglia di avventure. Non credeva mica che mi sarebbe andata bene. Adesso non può augurarsi che il mio successo finisca, quindi è proprio fregata. Non sa che se tornassi morirei di fame, né quanto io stia lottando con i denti per sopravvivere, anche se non si vede.

«Si vedrà, mamma.»

Non ci diciamo molto altro. Saluto, riattacco e torno al lavoro.

In fondo occorre fare delle scelte, e ogni scelta ferisce qualcuno. Questa fa male a entrambe, in modo diverso, ma è la mia. Non potrei fare altro.

85

Fa freddo. Fumo sul balcone della mia camera, produco piccole nuvole che si allontanano verso il piano di sopra. Spero non diano fastidio. Tra i miei coinquilini nessuno fuma a parte me, quindi non posso farlo in casa. Tremo un po', ma ne vale la pena.

Lui apre la porta senza bussare.

«Ehi» dice.

Mi raggiunge e mi si mette accanto, con le mani sulla ringhiera.

«Come va?» gli chiedo, tanto per avviare una conversazione.

«Sono esausto…» Stira le braccia e la schiena, sbadiglia. «Questo lavoro mi uccide.»

«Potrei dire la stessa cosa del mio.»

«Vabbè, è diverso. Tu almeno usi il cervello, io vengo sfruttato tipo una scimmia.»

Non provo nemmeno a rispondere; non può sapere

come ho passato la giornata.

«E l'agenzia?» continua lui. «Si è fatta sentire?»

«Ovviamente no. Da più di un mese, ormai.»

Annuisce, provando con tutto se stesso a non lasciar trasparire il disappunto. «Saranno impegnati. Ci sta.»

«Boh, sarà perché non sono una delle loro autrici di punta.»

Io continuo a fumare, lui segue con gli occhi il fumo che si disperde.

«Secondo me stanno solo preparando il tuo esordio» dice. «E ci vuole tempo, lo sappiamo.»

«Lo sappiamo?» Rido piano. Lui non ne sa niente, di editoria, ma è carino che provi a consolarmi. Mi ritengo senza speranza, però apprezzo il suo sostegno.

«Guarda che io ne sono sicuro. Un giorno vincerai lo Strega. E lo sanno anche loro, scommetto che ci stanno pensando.»

«Eh, come no. Per questo mi ignorano.»

«Come sei diventata pessimista…»

«Lo sono sempre stata, veramente.»

Ridiamo insieme, e mi sento un po' meglio. Non mi serve una pubblicazione; c'è lui che mi rimane vicino. Se ho questo, che importanza ha il riconoscimento del pubblico, la fama, il successo?

«Stasera sushi per tutti» dichiaro. «Offro io.»

«Lo spero bene, visto che diventerai ricca.»

Mi abbraccia da dietro. A dire il vero non me lo aspettavo, ma lo lascio fare. È caldo.

«E quando sarai ricca» aggiunge, «manterrai anche me, così non dovrò più fare la scimmia.»

«Non contarci troppo.»

«Ma come? Mi lasceresti morire di fame? Dopo tutto il sushi che ti ho offerto?»

Le sue braccia intorno mi danno sicurezza. Le stringo con le mie e chiudo gli occhi; se ho questo, se sono qui e se lui c'è, niente potrà sconfiggermi.

86

Siamo intorno al tavolo della nostra casa, come ogni sera in cui ceniamo insieme. Nei nostri piatti, la pasta al pomodoro fuma e ha un odore invitante. Mastichiamo scambiandoci aneddoti sulla giornata.

«Comunque, oggi mi hanno detto che dal mese prossimo non mi richiamano» dice il coinquilino grosso, quello con cui non parlo mai molto. Tutti ci fermiamo.

«Ma come?» risponde la ragazza. «E lo annunci così?»

Il mio lui ci pensa, posa la forchetta e dice: «Sai se vogliono mandare via altri?»

Io riprendo a mangiare, perché ho fame e perché non c'entro nulla; loro lavorano insieme, io sono salva in ogni caso.

«Non ne ho idea.»

«Ma adesso che fai?»

Non risponde. Credo sia ovvio: non può pagare la sua parte d'affitto, se non lavora, e gli dispiace. Mi pento un po' di non avergli mai offerto nemmeno la mia amicizia; adesso, intrappolato nel fallimento, sembra simpatico.

«Mi sa che tornerò dai miei» dice. «È la centesima volta che devo ricominciare a cercare qualcosa, mi sono rotto.»

Sappiamo tutti che quella è la sconfitta suprema, la tragedia peggiore. Allora non diciamo niente, e in silenzio consumiamo la cena.

Quando abbiamo finito, ci alziamo per sparecchiare. Il coinquilino va in camera senza aiutarci, ma va bene. È una vittima della guerra che combattiamo ogni giorno; lo capiamo.

Tra un piatto insaponato e una tovaglietta, parliamo a bassa voce di come trovare un altro con cui dividere l'affitto.

87

QUALCOSA DI BELLO

«E quindi, come va con il lavoro? Trovi clienti?»

Mia madre lo chiede ogni singolo giorno, durante le telefonate. Sì, sta andando bene; sì, ho sempre clienti nuovi; certo, non mi lamento; sì, ho mangiato e non ho preso freddo. Le parole sono sempre uguali, la distanza corrode i nostri discorsi.

«Sì, mamma, tutto come al solito.»

Le rispondo scocciata. Sono impaziente di tornare ai miei impegni.

«E il tizio, lì, l'agente…?»

Ho smesso di insistere, mi arrendo subito al concordare con l'indignazione.

«Eh… Ci vuole tempo, ora sto scrivendo il secondo romanzo.»

«Sei a buon punto?»

Fuori piove. Prendo la mia tazzina di caffè, mi siedo al tavolo e guardo i vetri bagnati. «Ma sì, più di metà, almeno.

Sto andando veloce.»

«E poi che mi racconti di bello?»

Bevo il caffè, e intanto provo a scavare nella mia mente per offrirle qualcosa. Non trovo un granché: i pensieri che ho riguardano commercialista, contributi e tasse, e gli autori a cui devo rispondere, e gli editori, e i miei romanzi. Lei percepisce la pausa.

«Dai, dimmi qualcosa» mi incalza.

Vorrei dirle che la vita è complicata e che mi fa paura. Che tutto intorno a me sta funzionando più di quanto mi aspettassi e questo mi impone preoccupazioni che lei neanche sospetta. La sua vita si fa ogni giorno più semplice; le rimangono due mesi di lavoro, prima della pensione.

«Non so, tutto va avanti come sempre» dico.

Di fronte al suo silenzio deluso, mi sento una madre cattiva. E lei, ormai figlia di sua figlia, mormora un assenso e inizia a parlarmi di cosa ha mangiato ieri a cena. Ascolto, mentre la pioggia fa da sottofondo.

88

Parto sempre dall'aeroporto di Orio al Serio; da qui, i voli costano meno. Ormai ci sono affezionata, passeggio tra i negozi e osservo borse, scarpe e vestiti che non potrò comprare. Nell'ala fumatori, una specie di terrazzino aperto con dei portacenere e un paio di panchine, troppe persone si stringono schivando la pioggia per fumare in fretta.

Sto tornando a Siracusa per la visita di Pasqua, che coincide con l'inizio del pensionamento per mia madre. Dovevamo festeggiare.

Mi metto in coda per l'imbarco, però le hostess sono lente e l'aereo è in ritardo. Sullo schermo appare l'orario previsto: aspetteremo trenta minuti qui, in piedi, perché nessuno vuol perdere il posto per il bagaglio a mano. Tutti sbuffano, si crea un sottofondo di lamentele.

Accanto a me, tre persone hanno iniziato a parlare. Non partecipo, ma visto che mi trovo lì annuisco sorridente, per non sembrare maleducata.

«Già abbiamo poco tempo…» dice una ragazza che avrà la mia età, dall'accento siciliano.

Una signora cinquantenne alza le spalle e appoggia il peso sul suo trolley. «Ma infatti, questi ritardano pure. Abbiamo solo pochi giorni, ce li tolgono tra un ritardo e l'altro.»

«Anche lei è un'insegnante?» domanda la ragazza.

Sono contente di essersi ritrovate. Iniziano a discutere di quanto la vita sia dura, per le maestre. Un signore si inserisce senza motivo.

«Io invece lavoro come grafico, ma sto tornando dalla mia famiglia. Eh, questi ritardi…»

Hanno formato un cerchio, io ne faccio parte. Non intendevo farlo, non mi sono neanche mossa, ma era inevitabile girarsi a guardarli. Ora fisso chi parla e continuo ad annuire.

«È difficile trasferirsi al Nord, eh?» dice la signora.

«Sì, chissà cosa si credono di essere…» commenta la ragazza.

«Come se lo facessimo perché vogliamo» dice il signore.

«A insegnare siamo tutti del Sud!» dice la signora. «Possono dire quel che vogliono, ma i loro figli li formiamo noi!»

Ridono. Il signore prende la parola: «Ma anche in altri settori. Li stiamo colonizzando.»

La ragazza mi guarda e inizia a parlare. Nell'istante in cui lo fa, penso con un certo nervosismo che non so cosa dire. «E tu cosa fai nella vita?» chiede.

A me andava bene rimanere un fantasma, una presenza eterea che non interveniva, ma devo partecipare. «Lavoro in editoria. Correggo bozze.»

Si crea uno strano silenzio.

«In editoria? Cioè, con gli editori?»

«Scegli i romanzi da pubblicare?»

«Ah, lo fai a Milano? A Milano ci sono tante case editrici.»

Hanno parlato insieme. «Sì» dico, per riassumere.

Così scopro che loro scrivono; tutti e tre. Anche altri iniziano a seguire la nostra conversazione, dalla fila che attende. Si voltano a guardarmi mentre spiego cosa faccio di preciso, e pendono dalle mie labbra. Qualcuno entra nel cerchio e dice: anche io scrivo.

Provo a specificare che non sono un editore, ma non interessa a nessuno. Insistono; posso leggere le memorie della famiglia, la biografia del nonno, un romanzo autobiografico scritto in gioventù? Dove possono mandarmi un testo?

L'hostess parla al microfono e interrompe le richieste: dobbiamo procedere. Mi giro subito e cammino, sollevata. Quando arriva il mio turno per porgere il biglietto, vado avanti in fretta e mi infilo tra le persone che aspettano l'autobus per l'imbarco. Mi guardo alle spalle; forse li ho seminati.

89

LE COSE DELLA NOTTE

Mia madre è sveglia, sento i suoi rumori. Mi sollevo e vado da lei, la trovo in piedi in cucina. Sta lavando i piatti. Sono le tre del mattino.

«Stai bene?» le chiedo.

«Sì, sì» mormora.

Rimango lì con la fronte aggrottata e le braccia conserte. Alla fine dico: «Come mai sei sveglia?»

Lei fa uno strano sorriso, uno di quelli che fai di nascosto quando la gente proprio non capisce. «Avevo sentito qualcosa» dice.

«Qualcosa?»

«Ma niente, niente. Sai, è la notte. Si sentono cose.» E continua a strofinare i piatti sporchi, rimasti nel lavandino da ieri sera.

«Non ho capito, mamma. Quali cose?»

Forse, dalla mia voce si sente che inizio a spaventarmi. Mia madre punta su di me i suoi occhi perfettamente rotondi e neri, e fa spallucce. «Le cose della notte.»

Intanto c'è il rumore dell'acqua corrente. Vado a sedermi su una sedia e penso: diventerà pazza, la perderò.

«Ma cosa sarebbero, scusa?»

Prima di rispondermi, attende. Si concentra per trovare un modo di dirlo che possa essere comprensibile a chi, come me, non sa.

«Sai, non dormo molto. E quindi le sento sempre, queste cose. Ma non fa niente, non è un problema. Basta accendere la luce.»

«Sei seria?»

«Certo.»

«Mi fai paura. Così penso che tu stia impazzendo.»

Ride. «Ma no… Aspetta, preparo il caffè.»

La seguo con lo sguardo mentre, indaffarata, sistema la moka sul fornello. Guardo le sue spalle. È così piccola, mia madre, nella cucina pensata per una famiglia intera. Forse tutte le famiglie finiscono in questo modo: perdono pezzi, man mano, e alla fine rimangono solo le cose della notte.

«Grazie» dico quando mi posa la tazzina davanti. Vorrei dirle che deve promettermi di star bene, di essere immortale e di non avercela con me se qui non c'è niente per il mio futuro. Invece mi limito a bere il caffè.

Lei si siede vicino, fuori c'è ancora silenzio.

90

ERBA AL SOLE

A Siracusa c'è un cielo talmente blu che a guardarlo sembra di cascarci dentro. La gente cammina piano, con addosso vestiti da poco e scarpe prese al mercato. Io sto rientrando a casa di mia madre dopo aver sbrigato delle commissioni, perché lei ormai si stanca.

Passo di fronte al tribunale e lì ci sono gli avvocati, unica presenza brulicante; ne guardo uno e penso che la sua giacca è sgualcita, non è coordinata con i pantaloni, le scarpe sono sporche. Penso che qui uno così viene considerato alla moda, ma altrove è uno straccione. E questa cosa mi piace, perché a Siracusa puoi uscire senza pensarci, senza trucco, senza attenzione ai capelli. Forse è una stupidaggine, ma io l'ho notato. Quella genuinità bella dei siciliani è comoda, e forse è proprio il loro problema.

Forse per questo rimangono solo gli anziani, che trascinano i carrellini della spesa camminando lenti e ottusi come tartarughe sotto il sole che brucia. Forse la comodità, che ti permette di dire "ma sì, chi se ne frega" su qualsiasi cosa, è il pregio e il difetto di questa terra. Di certo, la sua condanna.

Forse è colpa sua, di Siracusa, che non ti chiede niente e non ti dà niente. Ti lascia esistere, lascia che diventi vecchio con il tuo carrellino e i figli al Nord che ormai non torneranno, aspetta che tu muoia per ingoiare il tuo cadavere e farne erba da arrostire al sole.

L'avvocato si accorge del mio sguardo e mi fissa. Ci incontriamo con gli occhi, per un momento. Anche mio padre si vestiva così, penso, e non so cosa farmene di quel ricordo.

91

LE LACRIME NEI TUBI

Sono in bagno, seduta sul wc, e fisso le mattonelle.

La vasca da bagno è rosa, grande, con tanti flaconcini su un lato. Guardo le bottigliette di shampoo, bagnoschiuma, profumi, esfolianti, creme, che mia madre ha comprato mentre non c'ero.

Sento un rumore strano, sembra un pianto. La voce è femminile. Deve essere giovane, almeno così mi pare. Singhiozza.

Mi guardo intorno. Da dove viene? I miei occhi si fermano sulla vasca. Da lì, ne sono sicura. Da dentro, da sotto. Dai tubi. In uno degli appartamenti qui intorno, c'è una donna triste. Lei piange; non sa che la sento.

Sto lì con lei per un po', forse per troppo tempo.

Rimango seduta a pensare, ad analizzarne il timbro e a chiedermi cosa può esserle successo. Poverina. Lei singhiozza ancora. Si tratta di un pianto disperato, quello che ti scuote il petto.

Non si piange così senza motivo.

Poi smette.

Resto in attesa, mi arrendo. Ha smesso. Dall'altra parte del tubo mi asciugo, mi rivesto ed esco.

92

LA MIA STORIA D'AMORE

Lui viene a prendermi in aeroporto. Lo ritrovo agli arrivi, sorridente e caldo; vedere la sua faccia mi rende felice. Gli trotterello incontro, ci abbracciamo, insiste per portare la valigia.

«Sai, in casa rimarremo solo noi due» annuncia mentre camminiamo nel parcheggio.

«Davvero? Ma come?»

«Eh… è normale. Ci sono posti più economici, volendo si trovano.»

Mi dispiace; mi stavo affezionando alla nostra coinquilina, avrei voluto che restasse nella mia vita. Avremmo potuto diventare amiche sul serio, creare un legame duraturo, invece se ne andrà. Ci scambieremo promesse, ma dopo qualche settimana smetteremo di cercarci.

«E come facciamo?» chiedo.

«Arriverà altra gente, però chissà chi sarà. Vorrei evitare di convivere con persone a caso. Potremmo cercare un bilocale.»

Lo dice come se niente fosse. Io faccio i calcoli: un bilocale, di solito, ha una cucina abitabile e una sola stanza da letto.

«Per viverci insieme?» chiedo, anche se è ovvio.

Lui si gira un momento a guardarmi e ride. «Non vuoi?»

Ci penso: la verità è che non lo so. Sono appena tornata, sono stanca e vorrei soltanto buttarmi a letto, in una casa qualsiasi. «Non è che non voglio…»

«Vabbè, decidi tu. Io però non posso restare, costa troppo.»

«Ma arriveranno altre persone.»

«Ok, però…» Fa spallucce. Mi sembra ormai deciso.

Lo capisco. Non è un gran problema, per lui: l'appartamento dei suoi genitori è poco lontano, potrebbe anche tornarci portando qualche valigia. Non conosce il senso di smarrimento che si prova a ritrovarsi senza casa, con la propria roba in sospeso, nell'incertezza. Intanto arriviamo alla macchina e ci sediamo.

«Non so, mi fa un po' paura» dico.

«Mh» risponde, e mi fa paura ancora di più. Forse dovrei accettare, una buona volta, che non è di mia proprietà e che devo decidermi, altrimenti se ne andrà.

Mette in moto e partiamo. Andiamo avanti per un po' senza parlare; temo si sia offeso. Non l'ho mai visto arrabbiato, non so come sia. Ogni tanto lo spio di nascosto, ma non riesco a decodificarlo.

«Ci sei rimasto male?»

Scuote la testa. «No, no, figurati. Però… a volte vorrei che tu fossi più sicura.»

Ecco, lo sapevo. «Hai ragione, dovrei.»

«No, perché…» Esita. «Perché non voglio stressarti, ma non ho capito, ecco. Tutto qua.»

Mi sento in colpa. Avrei voluto che la mia storia d'amore fosse facile, come si vede nei film. Lì la gente si innamora e basta, senza dubbi, senza attese. Anche nei casi di amori tormentati, i personaggi comunque scivolano nella relazione come fosse un movimento naturale. Io invece sono qui, rigida su un sedile, a torcermi le mani.

«Se te ne vai, verrò anch'io» dico. Ed è tutto quel che so.

Lui si lascia sfuggire un sorriso.

93

IL MIO LAVORO

Ho appena finito di leggere il romanzo di un'autrice. Si tratta di una bozza, quel che definiamo ancora "manoscritti" anche se non vengono scritti a mano da decenni. È l'alba: per finirlo non ho dormito.

L'autrice ha detto, nella mail, di averlo inviato a tutti gli editori esistenti. Ha provato con le agenzie, ha pensato di autopubblicarlo, le ha provate tutte ma non sa che fare. Nessuno le risponde, qualcuno le suggerisce di infilarci una storia d'amore, dicono che non sia vendibile, non è commerciale abbastanza, troppo letterario, di nicchia.

Conosco questi giudizi; spesso li do anch'io.

Dopo il punto finale c'è solo una mezza pagina bianca, che mi ostino a fissare mentre rifletto su cosa dirle.

Mi è piaciuto; è una storia profonda, narrata con lingua lieve, ambientata in un paesino suggestivo di cui non sapevo nulla. Lei è bravissima, una vera scrittrice. Ho colto citazioni, ho annuito capendo a cosa si riferiva, ho riso e mi sono commossa. È un bel libro, già pronto. Ma non venderà mai.

"Devi dirmi se vale qualcosa" mi ha scritto nella mail.

"Nessuno mi spiega perché non vuole pubblicarlo" ha scritto.

"Non capisco perché" ha scritto.

Sospiro, nella mia stanza che inizia a riempirsi di luce. Vorrei trovare le parole giuste per farle capire. Vorrei raccontarle del mondo in cui lavoro ogni giorno, che amo con una disperata passione, ma che non smette di spezzarmi il cuore. So bene cosa risponderebbe: che non è giusto. Che gli editori dovrebbero questo e quello. Conosco l'indignazione, il rancore, il sospetto. Li ho anche io. Li capisco.

Vado alla scrivania e la cerco su Facebook. La trovo subito: ha nel profilo una fotografia in cui, seria, guarda la macchina fotografica che la riprende. I suoi occhi sono verdi, è una bella donna. Ma non sorride; mi guarda fiera, severa, già delusa.

Vorrei avere per lei risposte chiare, vorrei giurarle che non sta sbagliando, che ne vale la pena comunque, ma non ne sono sicura neanche per me stessa.

Poso lo sguardo sulla cartella in cui giace il mio prossimo romanzo, già quasi completo. Io e l'autrice è come se fossimo sorelle, unite dal fallimento di cui non siamo certe. Lo meritiamo? O meritavamo altro? E chi può dirlo?

Mi alzo. Decido che le scriverò e le dirò cosa ho provato leggendo, nei particolari, perché la immagino poi tremante di piacere a scorrere tra le mie parole. Passo in rassegna, in mente, i nomi degli editori con cui collaboro e che potrebbero accoglierla, anche se è difficile.

Ci proverò lo stesso. Avrà il mio sostegno, anche se farò brutta figura, anche se non funzionerà.

Vado in cucina a farmi un caffè, il primo di una lunga giornata.

94

BRUTTI SOGNI

C'è silenzio. La notte arde oltre i vetri, noi respiriamo l'aria del ventilatore. Sono con lui, nel suo letto, sotto le sue lenzuola.

Dorme. Adoro spiarlo, quando lo fa; è immobile, non mi vede, non può scoprirmi a studiare la sua pelle. Cerco di impararla a memoria, come se domani potesse svanire.

Sono sveglia da tempo, dopo un brutto sogno: mi cadevano i denti, durante una gita scolastica in cui non avevo il biglietto per il treno, e le valigie si erano perdute e tutti aspettavano che risolvessi i miei problemi per poter partire, e io intanto mi impegnavo a non mostrare la bocca vuota. Solita storia, gli stessi simboli di un ego impaurito che mi ha stancata, quindi li ignoro e rimango sveglia, nel buio pieno di echi delle luci artificiali, a guardare lui mentre dorme sereno.

Questa dimensione non mi appartiene; è un segreto che osservo da fuori, mi è concesso appena di posare lo sguardo sul suo respiro che scende e sale, regolare e giusto. Dentro, oltre le ciglia, c'è un sogno che non sospetto. Lui non può saperlo, ma fissarlo di nascosto è per me la forma più alta di poesia. Voglio sapere come fa a dormire con tanta grazia, come nessuno ha mai fatto, o almeno così mi sembra. Vorrei che dormisse per sempre, e allora magari riuscirei a imitarlo e riposare anch'io, senza sforzo, stringendomi al suo corpo. Invece sono fuori da lui, dentro me stessa, in una notte anonima d'estate.

Mi rimetto sulla schiena, confusa dalle parole dei miei pensieri. Sto pensando che lui un giorno morirà, e ne sento già la nostalgia. Ce l'ho accanto, e mi manca.

Decido di punirlo, per questo. Gli poso una mano sul braccio, lo scuoto leggermente. Lui mugugna, ridiventa umano, esce dalla dimensione del sonno.

Mi dice: «Che succede?»

E io penso che non so come spiegarmi. In che modo potrei dirgli che stavo piangendo la sua morte?

«Non riesco a dormire» rispondo.

Si gira verso di me. Siamo stretti, sul suo letto singolo. Mi tira i capelli, se ne scusa, si sistema meglio. La sua normalità mi investe; rieccomi umana anch'io.

«Come mai?» domanda. «Incubi?»

Mi accuccio contro il suo petto, nonostante il caldo. Lui mi stringe.

«Stai tranquilla» dice, «adesso li caccio via.»

Lì, imprigionata nel suo abbraccio, cedo e mi addormento.

95

GENERAZIONI

«Oggi sono stata al mercato» dice mia madre nel telefono.

«Brava» dico io. «Così cammini un po' e ti distrai.»

«Infatti. Voglio andarci ogni mercoledì, compro qualcosa che serve ed esco, almeno.»

La immagino a incamminarsi, da sola, verso la piazza poco lontano da casa. Immagino i suoi vestiti, i capelli sempre più bianchi, le rughe nuove che non conosco ancora. Non fatico a capire cosa significhi per lei una semplice passeggiata. La immagino lì con la borsa stretta sul fianco e assaggio la colpa di essere qua a vivere giorni pieni di futuro. Lei ha smesso di averne uno: ha già vissuto.

«Mi piace camminare» dice intanto.

«Potresti chiedere a qualcuno se vuole farti compagnia. Magari qualche ex collega.»

«No, non ce n'è bisogno. Va bene così.»

Con questo vuole assolvermi e le sono grata. Posso sentirmi nel giusto, con la mia giovinezza inutile e le promesse e le aspettative.

«Mi spiace se ti senti sola» ammetto.

«È normale. Sei cresciuta.»

Non so se sia vero, ma ho capito cosa intende: devo scontare anch'io questa colpa, e allora chino la testa e la accetto, mi accompagnerà fin quando sarò io al posto di chi viene lasciato indietro.

«Oggi, comunque, cosa hai mangiato?» chiede.

96

TEMPO INDETERMINATO

Guardo l'ora: le undici e un quarto del mattino. Sono sveglia dalle sei, ho iniziato subito a correggere una bozza. Devo rimandarla il prima possibile: l'editore, a capo dell'ennesima piccola realtà con cui ho iniziato a collaborare, pretende di pubblicarlo nel giro di due mesi, ma l'autore impiega un sacco di tempo per ogni revisione, quindi devo sforzarmi di sistemare tutto in una volta sola.

Sono esausta, ho bisogno di una pausa. Mi alzo, vado in corridoio, do un'occhiata alla camera che apparteneva alla ragazza gentile; ora è vuota, lei se n'è andata sul serio. Speravo cambiasse idea. Ha lasciato il suo numero, ma sappiamo tutti che ci perderemo.

Mi giro, sovrappensiero, e c'è lui a fissarmi.

«Oddio, mi hai spaventato» dico.

«Scusa.»

«Come mai non sei al lavoro?»

Solleva dei fogli, con aria fiera. «Mi hanno assunto. Ho

firmato un'ora fa, e hanno detto che per oggi potevo tornare a casa.»

«Davvero? Wow, complimenti!»

Prendo il contratto e fingo di leggerlo con attenzione.
Sto pensando che questo bruciare, nel mio petto, sia sba-
gliato. Non posso invidiarlo, io ho la mia vita, va tutto bene.
Dovrei essere felice per lui.

Ma ciò vuol dire che è passato dall'altra parte: dalla parte
di quelli realizzati, che in genere se ne vanno. Ero convinta
fosse solo un suo sogno, invece lo hanno assunto sul serio.

«Che bello» dico ancora, sforzandomi di sembrare contenta.

«Vero? Iniziavo a dubitarne, però uno è andato in pensione…»

«Ah, ecco, meglio così.»

Riprende il contratto, lo riguarda come se potesse dirgli
qualcosa di nuovo. «E quindi sono a tempo indetermina-
to.»

«Già. Bravo» dico io, anche se sappiamo entrambi che
ormai esistono poche certezze, sul lavoro.

Lui esita. Rimaniamo a guardarci, un po' imbarazzati.

«E…» inizia.

So di cosa vuole parlare. Potrei aiutarlo, ma non voglio.
Voglio soltanto fermare il tempo e stare qui, in corridoio,
in piedi, per sempre.

«Immagino che tu stia pensando di traslocare» dico.

«Sì, infatti. La padrona di casa sta cercando nuovi inquilini, ma sinceramente… preferirei scegliermeli io. Te l'ho
detto.»

«Certo.»

«E tu cosa farai?»

Potrei chiedergli di sposarmi. In fondo avrà uno stipendio sicuro, potrebbe anche accettare. Così mi manterrebbe e sarei serena. Potrei riposare. Potrei sperare che tutto diventi facile. Non è per questo che ci si sposa?

«Non ne ho idea.»

«Allora te lo dico io: vieni con me.»

«Ma non voglio pesarti. Non ho niente di certo.»

«Non ne avevamo già parlato? Guarda che non ti chiedo nulla. Troviamo una casetta con due stanze singole, e via. Poi si vedrà. No? Dai, non farmi finire con i colleghi di nuovo, sono strani.»

«Vorresti davvero?»

In questa mia domanda c'è tutto: la mia insicurezza, i miei dubbi su di noi. La convinzione che non mi conosca fino in fondo, che un bel giorno deciderà di abbandonarmi, che rimarrò da sola e allora sarebbe meglio che succedesse subito.

Lui però si china e mi bacia, come fa a volte, in silenzio, senza pretendere che io decida. I suoi baci sono un regalo, non uno scambio.

Lo abbraccio. Ci stringiamo. Vorrei sentire il suo odore ogni giorno della mia vita, vorrei che fosse possibile.

«Non c'è nessun problema» dice lui, «devi solo fidarti di me. Ti porterò a casa.»

Non so perché lo ha detto. Come fa a saperlo? Come fa a sapere che quella parola è proprio ciò che sto cercando?

«Va bene» mormoro. Ed è fatta, sono sua.

97

SUCCEDE

Succede mentre scrivo una scheda. L'autore, un ragazzo poco più giovane di me, ha scritto un romanzo del tutto privo di trama. L'ho letto con una certa ammirazione: non è mica facile, scrivere cento cartelle senza che vi accada dentro qualcosa.

Batto sui tasti, cercando di dirlo in maniera gentile ma decisa. Il mio cellulare squilla. Lo tengo accanto a me, perché c'è un'altra autrice che telefona puntuale ogni mattina alle dieci per condividere le sue incertezze. L'orario è giusto, quindi afferro il telefono convinta che sia lei; invece è il mio agente.

«Pronto?»

«Ciao, ti disturbo?»

Non ci sentiamo da mesi, nel frattempo la mia vita è andata avanti. Ormai mi ero rassegnata al silenzio: non ero neanche delusa, perché davo per scontato che si fosse dimenticato di me e mi dispiaceva anche un po' per lui, che comunque sul testo aveva lavorato. Mi trovo in una casa diversa, i miei capelli sono diversi, innumerevoli cellule del mio corpo sono morte e altre le hanno sostituite: è come se fossi un'altra.

«No, no, non disturbi. Dimmi.»

«Ho due proposte. Possiamo vederci per parlarne?»

Rimango zitta.

«Ci sei? Pronto?»

«Sì!» urlo. «Ci sono, certo. Ma proposte in che senso?»

«Per la pubblicazione.»

«Ah!» urlo ancora. Devo controllarmi; mi schiarisco la voce. «Va bene, ok. Sì, possiamo vederci quando vuoi.»

Lui parla, mi spiega che durante questa settimana proprio non può, è impegnatissimo e si trova a Palermo, però possiamo fissare un appuntamento per quella dopo, se mi va bene per mercoledì, ma quello dopo il prossimo, magari nel pomeriggio, e io fisso il muro con gli occhi spalancati.

«Quando vuoi» gli ripeto.

«Ottimo, allora ti mando un messaggio appena sono sicuro.»

«Va bene.»

«A presto, ciao.»

«Ciao. E grazie!»

Riattacca.

Provo a posare il cellulare dov'era prima e a tornare alla scheda. La mia mente rimane in silenzio. Riprendo a battere sui tasti, vado avanti. Scrivo: eppure, il lettore tenderà a non proseguire. Mi fermo. Guardo il cellulare, lo riprendo.

"Forse servirà un'altra torta" scrivo al mio lui. Visualizza subito, nonostante sia al lavoro, e risponde con una faccina felice.

Poi aggiunge: "Te l'avevo detto."

98

IO CI SONO ANCORA

Mi incontro nello specchio dell'ascensore, per sbaglio. Controllo quel che si controlla di se stessi: i capelli, il rossetto, la maglietta, la linea nera sulle palpebre. Mi rassetto senza pensarci, perché con quell'immagine ho confidenza: sono io.

Mi fermo, mi guardo negli occhi.

È vero, gli somiglio: a mio padre. C'è una parte di lui, qui con me. C'è sulla mia faccia, sulla piega delle labbra. Una parte di quell'uomo ce l'ho addosso, che io voglia o no. Porto avanti quel che è stato. Mi guardo: lui è lì. Ciao, papà, penso. Tranquillo, mi occupo io di esistere ancora.

Sono pensieri stupidi. Torno ai capelli, metto una ciocca dietro un orecchio perché credo stia meglio così. Passo le mani sulla testa, appiattisco i riccioli che sfuggono a ogni controllo. Arrivo al pianterreno e il viaggio è finito. Esco al sole, la giornata comincia.

Da qualche parte, lontano, mio padre riposa nella tomba.

99

ANDRÀ TUTTO BENE

«Ah, quindi hai già la partita IVA» dice il caporedattore.

Annuisco fiera. Stavolta non mi fregano, ho tutto quel che serve: esperienza, regime fiscale, giovane età, predisposizione al lavoro in team.

«E hai già collaborato con dei service editoriali.»

«Sì.» Rifletto su cosa aggiungere. Vorrei sembrargli simpatica, una persona piacevole con cui lavorare. Vorrei che mi assumessero, perché l'idea di uno stipendio fisso sembra un sogno meraviglioso.

«La prova è andata molto bene» dice lui.

«Mi fa piacere» dico io.

«Però qui è un full-time, vorrebbe dire che dovresti rinunciare alla tua attività da freelance.»

«Sì, lo so.»

Ci ho pensato. Un po' mi sento in colpa: ho faticato tanto per tirar su un'attività dal niente, e adesso sbavo per il posto fisso. Ma loro possono darmi uno stipendio, possono garantirmi una vita vera.

«E chiediamo elasticità, sia per i lavori da fare e sia per gli orari.»

Non sono sicura di capire. Spero non pretendano che io rimanga in ufficio pure di notte, però annuisco ancora cercando di sembrare entusiasta.

«Il problema è che hai già tanta esperienza. Cercavamo qualcuno da formare, per lo stage.»

«A me piacerebbe lavorare in redazione» dico subito. «Non l'ho mai fatto, lavoro da casa, e potrebbe essermi molto utile.»

So perfettamente che non lo sarà. Sarà caotico e folle, mi esaurirà, soffrirò. Ma vorrei, perché mi assumerebbero. Mentre lo penso, già lo metto in dubbio; l'importante però è che non si noti.

Guardo le mani del caporedattore e sbatto le palpebre. Ha le unghie sporche, le dita sono grosse, gonfie. Mi domando cosa sto facendo, per quale motivo sto provando a farmi prendere per un lavoro così stancante. Forse la mia speranza è sciocca. Forse starei meglio da freelance. Ma la stabilità, il lavoro certo, lo stipendio, le ferie…

«Va bene, ti ringrazio» dice. «Può bastare, valuteremo.»

«Grazie a lei» cinguetto. Gli stringo la mano, mi faccio accompagnare all'uscita.

Varco quella porta con la sensazione che qualcosa non vada. Scendo le scale a piedi, torno verso il tram. A bordo del quattordici, fisso l'aria.

Non sono convinta.

Però ci spero.

Le cose mi stanno andando bene, non ho bisogno sul serio di loro, ma vorrei che mi scegliessero. Vorrei… non so, forse sarei felice se prendessero proprio me. Sarebbe una conferma. Sarebbe qualcosa.

Quando arriva l'e-mail, la apro trattenendo il fiato. Sono passati tre giorni, ho continuato a lavorare fingendomi indifferente.

Dicono che hanno scelto un'altra persona.

Inghiotto la delusione, la rabbia.

Ma poi continua.

"Abbiamo apprezzato il tuo curriculum, quindi ti vorremmo come collaboratrice freelance."

Sorrido allo schermo, inizio a rispondere. Va bene così; ci sono riuscita, mi hanno scelta. Questo potrebbe essere uno di quei momenti a cui dopo anni ripensi con tenerezza.

Andrà tutto bene. Ne sono sicura.

100

COSA FARÒ DA GRANDE

"Cosa vuoi fare da grande?" ha chiesto mio padre anni fa, in un giorno lontano, in un punto del tempo e dello spazio. Altrove.

Me lo chiedevano, a volte, ma la domanda fatta da lui assumeva importanza. Era mio padre, gli dovevo una risposta seria. Me lo ha domandato quando ero bambina, per scherzo, poi più avanti, quando perdevo tempo con l'università, quando gli anni fuori corso si accumulavano e io non sapevo come sarebbe andata. Me lo ha chiesto ancora dopo, quando ho annunciato che sarei andata a Milano. Non ha usato le stesse parole ogni volta, ma la domanda era uguale. Tutti quegli istanti si fondono, si sovrappongono in un'immagine unica: mio padre, con il suo viso chiaro e gli occhi d'acqua, che mi chiede: cosa sei, cosa sarai?

Adesso non posso più rispondergli. Di lui è rimasta una lapide, con sopra la fotografia che ho scelto: l'unica in cui sorride. Perché era così, non serio come nelle altre. Perché in quella foto stava guardando me, che insistevo nel catturarne le immagini. Gli sembrava inutile, rideva nervoso e chiedeva "ma che te ne fai?", perché non credeva che sarebbe morto, un giorno, e che quella sarebbe stata la foto sulla lapide. Non ci crediamo mai sul serio.

Oggi esisto qui e cammino su tacchi scomodi, con addosso vestiti troppo costosi per quel che c'è sotto. Sto andando alla presentazione del mio libro.

Nonostante sia passato del tempo, non saprei ancora rispondere nel modo in cui ce lo si aspetta. Cosa farò da grande? Me lo domando quando entro in libreria, quando incontro facce amiche in attesa, quando sorrido distratta e mi siedo, pronta a cominciare.

Forse funziona così e basta, bisogna arrendersi. Intorno c'è l'universo, ci sono i pianeti che ruotano e ogni tanto esplodono, le stelle che bruciano, e poi ci sono io dietro al microfono, facendo uno zoom estremo.

Mi schiarisco la voce, preparo un bicchiere d'acqua.

Si inizia così, cosa credete. Si inizia sempre così.

La parte che nessuno legge

Eccoci nella parte che nessuno legge. È riservata soltanto
ai Lettori Curiosi, quelli che amano spiare nelle prefazioni
e nelle postfazioni sperando di trovare qualcosa in più sulle
storie. Non vorrei mai deluderli, perché sono i miei preferiti.

Questa *mosaic novel*, com'è stata definita da alcune delle
anime gentili che mi hanno dato consigli, è cresciuta nei
momenti di pausa tra un editing e l'altro, quando prendevo
fiato sollevando gli occhi dalle storie altrui. Ho iniziato a
comporla senza pensarci troppo: è nata come collezione di
stranezze, di incontri casuali e quotidiani che potrebbero
capitare a chiunque. Quando ho creato i primi frammenti,
non avevo idea di cosa sarebbero diventati.

Poi è successo qualcosa: mio padre è morto.

"Ghiaccio", il frammento numero sette, l'ho scritto proprio nei giorni in cui lo assistevo in ospedale.

In quel periodo avevo appena iniziato a lavorare a Milano, ero confusa e non avevo la più pallida idea di come

sarebbe andata la mia vita. Da allora tutto è cambiato, compreso quello che stavo scrivendo.

Ecco, Lettore Curioso; sono certa che ti domanderai se queste storie siano autobiografiche. Lo ammetto, sono una fan della teoria di Barthes sulla "morte dell'autore", non in senso letterale ma metaforico: a parlare dovrebbe essere la storia, da sola, senza che la biografia di chi l'ha creata interferisca con l'interpretazione del lettore.

Di sicuro, qui dentro c'è molto di me; più che altro, di quel periodo. C'è il lavoro che mi ha salvata, insegnandomi a guadagnare grazie alla passione, all'impegno e alla costanza; c'è la perdita del padre, che capita in genere una sola volta per ognuno e che, me lo concederai, colpisce abbastanza; c'è la scoperta di Milano, città che per me ha avuto un ruolo salvifico; c'è il senso che ha avuto la scrittura nei giorni in cui pensavo di non farcela. Ma, spero, non solo questo. E non sarò io a raccontarti cosa dovresti vederci dentro, perché voglio che sia tu a deciderlo.

Posso dirti che la mia vita non è abbastanza interessante da finire in un libro. Quel che ci finisce, e penso valga per qualsiasi autore, è l'essenza di una vita. È il significato dei giorni, quella sorta di pensiero che colpisce in un momento a caso, magari mentre fai la doccia, mentre cammini, quando ti svegli al mattino. Se tu mi chiedessi "è tuo, questo pensiero?" ti direi di sì.

Dunque, ci siamo. Pare che le cose da dire siano proprio finite. Se questo libro ti è piaciuto, tieni presente che ho scritto e scriverò altro: dai un'occhiata in giro, contattami, dimmi che sei giunto a questa pagina. Fammelo sapere, perché chi scrive si nutre dei pareri di chi legge.

Prima di salutarci, permettimi di ringraziare chi ha reso possibile l'esistenza di *Clinamen*. Dietro a ogni libro non c'è soltanto l'autore, ma anche una schiera di belle persone che lo hanno sostenuto, aiutato, indirizzato. Io sono fortunata, quindi dietro a questo libro c'è parecchia gente.

Federico Arcieri, il mio beta-reader preferito, che con tatto e ardore non ha mai smesso di incoraggiarmi.

Danilo Storto, che un giorno mi disse: ma perché non scrivi un romanzo? In effetti è tutta colpa sua. Quando ci rivedremo, a Londra, riuscirò a offrirgli quella pizza.

Stefania Crepaldi, collega in gamba e dal cuore grande che ha letto praticamente qualsiasi cosa io abbia mai scritto, rivolgendomi ogni volta parole che conservo con cura.

Alessandra Minervini, per la sua gentilezza e per la sua "sensazione".

Maurizio Vicedomini, altro collega che stimo, per la valutazione attenta, precisa ed empatica, e per tutti i messaggi vocali che sono venuti dopo. Ma quanta pazienza hai?

Ida Basile, una editor in gamba e un'amica dolcissima, per il supporto sincero.

Silvia Pillin, collega scrittrice e persona splendida, sempre pronta a condividere con me consigli e abilissima con la sua penna. Mentre lavoravo all'uscita di questo libro, mi ha spronata così tanto da spingermi a proseguire. Grazie, Silvia.

Jacopo Viganò e Alessandra Selmi, per il lavoro sul testo e l'iniezione di fiducia.

Gli editori, i professionisti e i redattori che hanno letto la bozza e hanno risposto con entusiasmo.

Le adorabili genti che hanno letto in anteprima per offrire pareri: **Roberto Fancellu**, **Massimo di Palo**, **Loredana Preda**, **Esther Pellegrini** e tutta la ciurma degli isolani (voi sapete).

Mia madre Marinella, che dalla sua poltrona lontana aspetta, paziente, il momento in cui capirò cosa fare della mia esistenza.

E te, Lettore Curioso. Se vorrai, ci incontreremo ancora.

Milano, 2016-2019

"Ma le parole lo sfidano, ed è furente."
Giorgio Manganelli, "Centuria"

WWW.GAVIOLISARA.IT

INDICE

IKIGAI